双峰文丛

我与沉默的橡树

张炜 著

山东画报出版社

我与临终山楂村 (2019.4.11)

<u>忘我</u>

从奶奶走到医院如此已过去
十指我握也是 田口月
以凝定的 理之接入, 在在
躺在一切 味晚饭吃饭的床上
闭)以几根说, 用手背, 用心田又
我心长注定全今天色雾暖
今生任过 老以声音每睡色
後日梦愿梦山黑化说

这别也至于我心隆试

[handwritten text, illegible]

目 录

序　言 / 001

诗

我与沉默的橡树 / 005
　寻　找 / 005
　草顶泥屋 / 007

这一餐 / 008

　　思　念 / 011

　　辟　谷 / 013

　　垦与播 / 015

　　落叶和花 / 017

　　四分之一的定居 / 019

　　信　函 / 021

　　似曾相识 / 024

　　渠　水 / 026

　　远方诗友 / 028

　　五个兄弟 / 030

仁川至青松郡 / 032

从维也纳到尼斯 / 034

　　总理府座谈 / 034

　　穿过维也纳 / 035

　　茜茜公主 / 036

　　尼斯和小公国 / 037

从托雷多到罗卡角 / 039

　　托雷多古城记 / 039

阿尔卡拉的白鹳 / 040

　　罗卡角的风 / 041

东欧诗记 / 043

　　玛格丽特岛 / 043

　　渔人堡 / 044

　　多瑙河之舞 / 045

　　皇宫广场 / 046

　　布加勒斯特—夏宫 / 047

　　肖邦的园林 / 048

　　波兰夏宫 / 049

飞翔和徘徊 / 050

七擒孟获 / 052

信　悉 / 054

阴雨修书 / 056

鼓奈鼓奈 / 058

至爱至仇之声 / 060

我已酣然入睡 / 062

阳台看马 / 064

半岛草木篇 / 066

  野椿树 / 066

  无花果 / 067

  橡　树 / 068

  银杏树 / 069

  核　桃 / 070

  马　兰 / 071

  打破碗花 / 072

  荸　草 / 073

  苍　耳 / 074

  威灵仙 / 075

威海印象 / 077

  天尽头 / 077

  出海仪式 / 078

  你可否与我同行 / 079

  这是海菜 / 080

  海草房 / 081

  鱼拓画 / 081

  烈酒和镇长 / 082

风车阵 / 083

海与时光 / 084

忆远河——桤明的诗笔记 / 086

    一　航船远去 / 087

    二　在路上 / 090

    三　雪孩 / 093

    四　爱情 / 097

    五　父亲 / 100

    六　重回故地 / 103

    七　对纸的迷恋 / 106

去瀛洲的船队 / 109

    一　大王嘱 / 109

    二　三千娇娃 / 115

    三　巨鲛 / 119

    四　思故园 / 124

文

等待一个"窗口" / 133

文学的一个开关——在鲁迅文学院的对话 / 157

保护思维的锋刃 / 175

代后记：经验和记忆 / 199

序　言

　　这本书中全是第一次收进集子的作品,属于近年新作。全书分为诗与文两个部分,也是第一次这样做一本书。我一直认为诗是文学的核心,甚至认为它是叙述的最高形式。没有什么能够比诗行更有力更深入、更曲折更微妙地表达人的内心了,这方面小说与散文或要逊色许多。这也是诗之崇高地位形成的根据与原因。

一些最难以叙说的情境与理念，还有内在而精微的心绪、最小的故事单元和某些语意的节点，也只能求助于诗了。

需要比诗的表达更直接更明了的部分，则选择散文和文论。这就是此次编著的考虑。这样，也就有了从内部到外部、从微细到简略、从悟想到直言的全面呈现了。

置身于行色匆匆的数字时代，也许要多出一份坚毅才能挺住。奥地利诗人里尔克有一句名言："哪有什么胜利可言，挺住便意味着一切。"

那就"挺住"，并记下一些"挺住"的故事。

2018年10月4日

詩

我与沉默的橡树

寻　找

从最陌生最隐秘之地出发
十指抚摸世界四角
于几维空间里跌宕，而后
躺在一张吱嘎作响的床上
用泪水抗议，用手臂，用心血
长路上拉合白色雾幔
后面是你泅去的声音和睫毛

你白皙葱嫩的黑夜之光

造物主关于我的尝试
如此烦琐和枯燥,痛苦
属于我,欢乐和趣味却归于
他飘飘欲逝的长袍
他的浮云和万道金芒
母亲一遍遍叮嘱
绕过那片白沙和马兰
踏上满是驿站的旅途

这其实是一场询问和指认
是错失和误解,诱惑
迷失是再平常不过的事情
沉湎于旧情与新欢,宠物如狗
最美的蔚蓝色眼睛
梦乡姗姗来迟,被羽毛簇拥
景物在显影液中一一析出
记忆打开慷慨的粮仓

草顶泥屋

这片稀疏的林子里有橡树
高大而冷漠地生存
所有人都领受了尊严与孤寂
什么人才宜于此地定居
用斧头和锯子修筑
需要一个孤苦伶仃的诗人
一个淫荡而贞洁的男子
一个穿了套头衫的行者

陪伴一幢草顶泥屋
一些重重叠叠的落叶
蚂蚱和螳螂尸体
锈蚀的镰刀和一片犁铧
一辆虚无的车子隆隆驶过
一排飞扬的发辫和燕子
女真人前来造访,早晨

以蒙古黑茶砖待客

无言的上午和头绠帽下
无数消息飞来逝去
如此丰腴的时间感动了他们
手抚双膝度过整整一天
然后是木槿花的垂落和告别
口哨于深处发出,蘑菇气息
于瞬间弥漫大野
那条白细沙径笔直而又遥远

这一餐

金蝉在飞翔前的牺牲
度量了残忍和慈悲
一杯败坏的酒,一盅酽茶
洒向干结的心
瓜干熟了,豇豆羹无比黏稠
这会儿突然思念起大明湖的蒲菜

思念漂泊而热烈的岁月
一群傻子在身侧悠荡
装满了大山背面的诗章

火炉燃过两个季节
只等一杯记忆的原浆酒
然后是双膝相触的温情
是火炕下安坐的生灵
我们分别太久,灰烬虽热
却不敌北国凄风
干粮如钢,冰水,火种将熄
伟大的欲望让人一跃而起

巍峨的严冬隆隆驶过
犹如告别法相庄严的神明
剩下唯一的渺小之物
从重压下伸出一瓣嫩芽
饮用吝啬的上苍之水
苟延残喘又雄心勃勃

时钟在此地掩埋太久
没有年轮和命运的沙漠

一些根茎洗不净泥土的腥味
毒汁诱人,小虫纵横
柞木壳斗已经嚼完
最后是致命的野芹菜
是让人永眠的不醒草
葫芦中剩下一捧浑水
如淀粉下沉之前的汤汁
与往昔轻轻对视一瞬
伸长脖子一饮而下

四野无声无息,鸟儿安眠
干茅草让人感激涕零
历尽艰辛的靴子在一声声打鼾
是时候了,我的躯体和泥土
长唤不醒的灵魂和操劳的手
一起垂在身侧,在原野上方

思　念

狭长的异国那么遥远
从肩部到小拇指的一侧
一朵简洁的黄花在开放
大眼睛转向东方，在森森之上
神灵赠予的一段时光被封存
仅有的一点利息不能共享
那所有的冬天和秋天，不能忘却的
寒意料峭的半岛春天
从南方到北方的一次冒险
割伤手指的黎明的呻吟

我仍旧在腐叶上踩踏不已
辨析我似曾相识的居所
白头翁含来了橡树种子
啪啪落地的声音是象征
我的记忆分崩离析，破碎

再也不能收起，不能整合
粗帆布口袋真大，真坚韧
它装下半个大陆的铁块和干花

转眼到了萧索的季节
这些日子有特别的香味
有中箭的麋鹿和喘息的罪人
帐篷边拨动珠算总结往昔
疼痛让翻毛皮衣蜷成一团
好像最后一刻近在咫尺
好像小鸟的心被大手攥住
快走吧，向东，不要回头
因为遥途如数负载
我成了传说中的瘦子和穷人
只有记忆的丰富和繁华
只有缄口不语的权力和沉稳
挥动斧子的不知是农人还是猎人
隐秘斑斑，三两声回告
他们在一张纸的背面

在橡皮擦了又擦的地方

我每天抚摸讯息
它们在风中挨近床边
我入睡很晚,它们知道
要讨一个平安的口信才肯离开
蹑手蹑脚一直走到春天
那个永远堆满繁花的日子
夜深了,雾汽把泥土捧起
送到笨拙的唇边

辟 谷

胃中装满了小蓟叶子,一点盐
轻轻走上田埂搜寻吃物
小鸟的嗉囊不能停息
吞下无边的风和光亮
一摇一摆的贝壳的影子
和神灵联手锻造一个奇迹

一个除了沉思一无所有的人
菜叶是灵苗,是生命的原形

第三天来临了,空洞的渴望
第五天开始美妙的许诺
第七天听到了百灵的忧伤
第十天是闪闪发光的梦境
叹息送到大海另一边
那里有血液碧绿的一族
他们吃浆果,吟出动人诗章
双手像鸟翼一样扇动

阴雨从天边移到树梢
小鸟归巢等待未知的柔丝
怎样穿过天籁缠上羽翼
小小心跳如急促的鼓点
我是一张洁白柔韧的纸
留下三两行淡淡的蹄印
一直通向森森水波的虚无

去寻找那颗低垂的星辰

是的,我的身体从来没有这样柔软
长蹼的双脚印上陌生的泥土
感受那沉香一样的厚重
那石榴花似的艳红
整整一天没有吭气,饮水
饮下透明的水晶和一大捧露珠
看青青脉管像根须般缠绕
长出梦幻的叶子,长出枝丫

垦与播

只需土炕那么大的一片园地
收获与睡眠的换算等值
我头枕田埂,脚抵水井
浓密的叶子遮住双眼和肚腹
鼾声把猫头鹰引上火炉
镰刀在灶台后边,铲子

搅动粥食除掉杂草
看护孤独的国王和麦子

邮票大的史诗写尽金戈铁马
四季田垄郁郁葱葱，谷雨
我的篱笆是一道工整的金边
让流浪的公主驻足
这里有白马的蹄印，有宝剑
树隙里有最蓝的天，最亮的星星
随便舀一勺都是芬芳的酒
是噜噜灶火和红薯的香味
我亲手撒下了甜蜜的流星
我屋角里有一副生锈的马镫

一叶绿芽是我自由的旗帜
上书两个最大的字，自由或自我
傻子悄声念出它们，回头寻找
两只眼睛是世界的活泉
是无边无际的未来和明天

因为有春天才不惧怕严冬
因为有你才有这黝黑的土地
我梦中记住你脸庞的颜色
像饿汉记住刚出炉的锅饼

落叶和花

这腐香深沉悠远绵长
糕饼的隔年讯息从厢房
袅袅升起,而后写进老财东的账簿
贫穷和富有结伴而行,暮色中
双手挨近大地的根茎
生命四周是窃窃私语
苦难的尽头是看不见的希望
它在背囊中,又跳进心房
最后在落叶遮盖下悄悄开放
谁能知道你是我的芬芳
先一步抵达突兀的家乡
炊烟升起处有一座帐篷

有欣然四顾的灰色小鸟
露水稀疏,声声滴落
斑头雁已启程追赶黎明
儿时伙伴敲起了梆子
恍若隔世的声音让人泪眼汪汪

大地铺满一片信笺
等待能够读懂盲文的人
十指开始抚摸,探究
咀嚼森林和草地故事
无数命运的隐藏和轮回
无数挚爱和深不见底的仇恨
一部漫长的生命史写到至今
通向无始无终的黑夜和白天

眼前的悄语和问候
必须牢牢地抓住,揪紧
这是唯一的机缘和宿命
是阻止死亡和涓涓细流

伟大而朴素的启示就这样
平铺在广袤的大地上
你胸前这片棕色膏壤

四分之一的定居

在苍黑的壳斗科兄弟面前
无语良久，吸一支烟又磕掉
多么粗粝的肌肤和岁月
永远听不到一个字的讲述
陪伴我吧，请你决定
一生分成大致相等的四份
其中一份交给你的定力

这坚定的伫立和生长
耐心逼退残忍的时光
你告诉我沉默就是一切
另外的四分之三可以喧哗
逃窜和追逐，狂野或骄傲

这会儿只是一棵草
一株芦苇摇曳在你身旁

冬雪是最美丽的创造
它让世界安静,只为谛听
小草深处的叹息
还有你昨夜风寒中的轻咳
沉寂让纯洁不掺一丝污痕
让狂风收起灰色双翅

我想告诉这些苍黑的兄弟
我在这里遗落了一颗琥珀
它由思念的泪水凝成
是前世今生苦难和喜乐的凭证
如此长久的相守和对视
如此无望的等待和滞留
最珍贵的汁水总是一滴滴流失
让青春焦脆和龟裂

温煦的南风改变不了灰发

只吹旺双眼的炭火

一遍又一遍询问弟兄

听他们讲述残酷的永恒

这里什么都没有发生

这里除了平静还是平静

小屋由棕色变成黑色

遗落的琥珀变成了水晶

信　函

它们漂流在心海深处

连帆影都没留下,而后

悄然沉没,被一只鳐鱼吞下

讯息在章鱼和珊瑚间游走

直到埋入寒冷的大洋

没有风,巨涌在千里之外

收信人已白发苍苍

我梦想的杜鹃如期抵达
我熟悉的航路已然开通
一大片铃兰开放的日子
盘腿坐在胶东大炕上
喝一碗自酿瓜干酒
土色的酒连接了山地乡居
那独一无二的河流和山岭
冬天的狗渴望一块红薯
一团散着米香的蒸汽

人像树木,就不该移动
神灵将人植在河边或山下
看它抽出稚嫩的叶芽
林子在季节中变换颜色
宽容无数的飞鸟和四蹄动物
我们有花头巾和胡须
我们的伙伴是牛和羊
真正的牧者在星星间游走
唯独这片树林在伫立倾听

心曲记上心扉

心扉又被岁月漂成宣纸

有时光就有书写

投寄的日子是活着的每一天

是鱼肚白泛起或某个午夜

是我的爱人或每一个人

你是一只小羊或一枚沙粒

生命以各种方式呼吸

呼号以各种方式沉默

当声音把一切抖落干净

世界就蒙上了一层厚雪

我们统一在洁白无污的地方

用无边的鼾声代替歌唱

没有回应,也不需要

这里的荠菜花照旧开放

一只小羊咩咩而来,抬头

看旷野上的风和草,看我

像树木一样,在风中摇动

似曾相识

一百年前来过这片林子
与小鸟对话,打趣,给小猫搔痒
沙子和紫穗槐皆可作证
那时茂长的荼草可达腰部
一只斑头雁傻傻地张望
它呼叫:渴,渴,水,水

水在左边一华里处
可是不能饮用,蔚蓝蔚蓝
连接天边的大水
融汇了所有的神奇和隐秘
可是我不知道它是否永恒
它和偶偶而行的小虫
谁更坚韧巨大,通向遥遥无边的日月
今天又是南风,丽日,春花

就像记忆中的情景,就像
梦中那个跳跃的间隙

太邈远,没有来路与归路
没有时间和方位
一切都是重复,手势未变
一碗水等于一片大洋
渤海就是巨人的泪滴
可怕的没有尽头的游戏
我们都是可有可无的小角色
我们都是可怜巴巴的永恒

在一瞬间飞闪的真实
在灰尘中飘忽的记忆
都化为星辰的屑末和
银河中游鱼的溅落
宝剑刻下所有诗意与伦理
都在消逝和流动中浸泡
变为无色无味的淤泥

又是这朵菊花,这株缬草
大丽花在樱桃树下烁烁有光
小姐和夫人即将走出城堡
一万年前的宴饮之地
我真的来过,度过了愉快的一天

渠　水

清澈的卵石和泥鳅
螺壳成堆,像小妖的眼睛
跨过这道分界线到彼岸
进入另一片国土和乐园
云雀的歌唱震人耳膜
不知该退却还是往前
亲人在渠水的那一边
我追逐的鸥鸟也在那一边

渠水边是一条印满牛蹄的路

是无穷无尽的往昔故事
在苘鞭下汩汩流淌
直到密林深处，拐个弯
通向所有的人和事
它的名字叫海，渤海

这是循环往复的跋涉
只隔开一道命运的堤坝
它阻挡了人的一生
我只在此地游走，生根开花
多少呼唤和诱惑垂落脚下
直到无声无息渗入泥土

时间就这样一<u>丝丝</u>耗尽
群鸟一掠而过，再无归来
那片苍苍的林子退到天边
太阳点燃了，然后熄灭
我开始给童年写一封信
告诉他时光的奥秘，以及

历尽沧桑的老人心情

远方诗友

我羡慕你狂妄无比的歌声
你的幸运和颓废无知
你所有的荒唐和胆大妄为
你的背信无义和信誓旦旦
大幕垂下的那个夜晚,我咽下
一口淡茶,一支苦辣的烟
开始收拾破旧的背囊

有一种自信叫出发
有一种虚无叫流浪
准备一把收割的镰刀
随时加入夏天的麦场
你满脸泥尘包头巾
一双偷窃的眼睛贼亮贼亮
我要向乡亲指认一个叛逆

怯懦像麦芒一样纷纷围拢
最后一声不吭,掩紧单薄的衣裳
麦草堆到杨树那么高
开始饥困,伴随无望的忧伤
战士到处都有仇敌
情种遇到了滚烫的心肠
在这劳碌纷乱的午夜
我像案犯一样小心地匿藏

许久没有写一首可恨的诗了
没有浪掷生命的欲望
挽救绝境的人已经死去
他永远不再转来,永远
像个百足之虫,死而不僵
这里注定了没有和解
只有徒劳的狂热与绝望
师长宽厚的笑容留在传说中
在他的戒尺和讲堂缝隙里
彼此赞许,远望,鄙睨

共饮的酒杯已经砸碎

五个兄弟

五棵老橡树,五个兄弟
在最后的岁月中陪伴我
平静掩去所有的憎恶和沮丧
他们将一个沦落他乡的男人
小心地呵护照料,轻抚
再也挺不直的腰背
黑茶沸滚太久,浓汁
浇遍六个泥杯,仅有一只苍手
将它们轮番端起,一饮而尽

谁也无法计算里程
谁也无心问讯,只是注目
星月和太阳起起落落
草木枯荣,霜雪和春雨
把远山的黛色改换,迎回

无边的花团锦簇
一遍遍面对青春年少的眸子
只有微笑没有讲述

木屋里有常年不熄的炭火
有时燃时灭的艾绒
灸去躯体内的寒湿阴冷
摄入阳火和温情,抵御
凌晨两点的悲绝,击退
那个时时侵入的严冬

你们有最坚硬的骨骼
有沉稳难移的心灵
这是相遇也是收留,是我
迟来的幸运和光荣
就让一双流离失所的脚
长久伫立,直到生出根须

2017.4.17

仁川至青松郡

仁川至青松郡

连接起南方的起伏山路上

车子如同悠动的旱船

让人好好消受

碧山层层红叶

藏下一些野猪故事

云雀歌童年

鱼儿轻拍水

如诗如画的秋野

栈道蜿蜒入深谷

微茫处处通大陆

蜂拥而至的海风深处

传来声声醉吟

我从何而至,从雾霾深处

一下纵入清晖朗月

携着蓖麻林的笛声

2015.11.4

从维也纳到尼斯

总理府座谈

总理府艺术司有几个处
五处专门管理诗
诗是文学之塔尖
缪斯居住在高巅
高龄作家和诗人
最需要关怀和抚慰
男女平等坚不可摧

性别歧视是一枚地雷
讲的全是资助作家
怎样仔细花钱
怎样公平把钱拿
要从烦琐和庸常中
孕育出一枝奇葩

2014.10.13

穿过维也纳

多瑙河畔古老的聚居地
绿色富足的生活中
飘荡出一声声叹息
在七支昏暗的蜡烛下
里尔克面色悒郁
宣布了没有胜利可言
挺住就意味着一切
匆匆走过辉煌的马校

然后是老皇宫

去看茨威格的遗物

去听歌剧和音乐会

最后在金色大厅冥思

维特根斯坦的飞机专利

天，这竟是哲人的发明

2014.10.13

茜茜公主

从茜茜公主的传奇之地

从老皇宫的巢穴

飞出一群灰色的鸽子

越过咖啡馆的嘈杂

掠上金色的尖顶

一排排优雅的马步

一座座方城和铜雕

这颗征服之心

在灿烂的晚霞里休眠

金色大厅一曲旋起

缠绕着锈蚀的权杖

2014.10.14

尼斯和小公国

尼斯紧挨地中海

晒着丽阳吹着南风

怀抱一个小公国

她的名字叫摩纳哥

王宫建在山顶

日夜俯视自己的疆土

那片错落的红屋顶

那扇碧蓝的海湾

白衣卫士掮枪独走

进行无聊而有趣的操练

听健步踢踏有声

直走到东方欲晓

2014.10.15

从托雷多到罗卡角

托雷多*古城记

在山巅,在贫瘠的岩石顶部
筑起一座精神的城堡
从阿尔卡莎踏进小巷
去寻找修女的甜饼

---

* 托雷多,西班牙旧都,古城。

苍黑的教堂已经闭锁

雨燕翩飞眼花缭乱

和我们东方人一起祈雨

因为一线碧流用来淬火

这里锻造出最锋利的宝剑

它刺穿异教徒的甲胄

清流淌出红色,马嘶

催逼落日,星辰渐渐抖落

2017.6.4

阿尔卡拉*的白鹳

层层叠叠的红砖垒出质朴的城街

高塔擎起白鹳的草窝

它们是修士的哨兵或守护者

---

* 阿尔卡拉,西班牙大学城,塞万提斯故乡。

塞万提斯先生远行不归
堂吉诃德的灵魂徘徊不去

没有传说的怪异和荒诞
只有白鹳在高处俯瞰
略有烦躁地翕动双翅
看遥遥而来的东方朝拜者

2017.6.5

罗卡角*的风

这是欧亚大陆最西端
一个荒凉沉寂的海角
刻有大十字架的碑石
迎击阵阵猛烈的西风
东方旅人衣衫单薄

---

* 罗卡角,葡萄牙最西端,处于欧亚大陆西部边缘。

被头顶丽阳炙红了脸
像羊群一样涌来

夏日寒风掠过罗卡角
一路向东挺进大陆
旋过铁青色的大西洋
寻找那支无敌舰队的帆影
一切了无踪迹,只有
滚滚而至的苍云

2017.6.8

东欧诗记

玛格丽特岛

这是多瑙河上的一个岛
以之命名者为仁善和高贵
的公主,一位献身的修女
从这里看遍长河
几十米深的碧水,航船
从德国黑森林起程
来到布达佩斯古城

两岸撒满金子和鲜花

一路向前,鸣奏一曲蓝色

2018.5.31

渔人堡

白色的渔人堡太过妖娆

对面是金碧辉煌的国会大厦

相看两不厌的目光

一脉清流下的沧桑

有多少海的消息汇集于此

渔码头的腥气和早市的喧声

迎来一位口衔黑烟斗的老大

这个横肉凸起的粗人

曾经一拳击退一条鲨鱼

而今从布达到佩斯

谈论的全是麦子和日出

是上世纪六十年代的枪声

那些悲切而荒唐的故事

2018.6.1

多瑙河之舞

这是夏日傍晚七时三十分
游轮缓缓启动,琴声悠扬
少女盛装出场,酒杯高擎
吉祥的红面孔溢满喜庆
演绎传说中的欢歌野趣
用力甩手跺脚,翩翩起舞
双手搭肩接龙而下
一船的激扬昂奋和恣意
一河的银练飞旋
最著名的牛肉汤热气腾腾
刚酿出的黄啤酒一片芬芳

2018.6.2

皇宫广场

听说布加勒斯特皇宫广场
那令人发指的一幕
从这里开启,徐徐拉开
像所有的噩梦掀开一角
像鳄鱼落下了一滴浑泪
缓缓积累的罪恶与突发的血腥
最终还是来自金钱的命令
昏聩,无知,贪婪,侥幸与狂妄
一起呼唤着孩子,孩子
仍然看不到一丝怜悯和仁恕
这就是残忍的欧洲
游牧民族悲惨的一次逗留

2018.6.4

布加勒斯特—夏宫

郊外山间密林
一座国王的夏宫
那个威赫富有的人物来自德国
建起一座阴冷豪华的秘所
精雕细刻的深棕色
岁月一层层包裹
多美的丛山翠柏
百灵找不到自己的窝
山涧弯路通向遥远的麦田
椴树花醉意婆娑
恣性的权力和财富在一起
它们身后是追赶的时光

2018.6.6

肖邦的园林

这是一首绿色鸣奏曲
欢快而芬芳地满溢与流淌
一步步丈量这片心地
阔若二百五十亩,或者
半个天空那么旷远
远方的乔治桑已无法倾听
笔与琴此刻皆停
一根松针悄悄落在
茵茵草地,张望倾听
小河湍急地追赶
小鸟啁啾蛙声稀疏
汇集成一大片睡莲

2018.6.7

波兰夏宫

国王恋爱了,未来的王后
用隐语呼唤心上人
叫他青鱼和傻瓜*,叫他宝贝
他们盯住美丽的橘子
想象一些沉醉的时刻
财富和权力叠加爱情
还有一刻未能分离的艺术
大自然的清风水流
从白天洗涤到凌晨
同样是岁月沧桑兴盛消亡
同样是高举双手祈求上苍
两张华丽的睡床
如今全都闲置,空空荡荡

2018.6.7

---

* 王后为国王取的外号。

飞翔和徘徊

神灵的传递者告诉我们
他有浓到化不开的爱
可是我们包裹了无边的冷漠和
深不见底的凄凉与恐惧
试着爱吧,不再颤抖
自己做自己的榜样和导师

唯有漫漫时光能改变一切
渺小的人生面对了无边的荒漠
钢铁在锈蚀，记忆在淹没
深情的注视变成了银杏果壳
镶在希腊人的石雕像中

飓风让尘埃狂舞飞旋
磨损，安静，沉淀，聚集
最终变为母亲般的大地

2017.5.27

七擒孟获

猎手与北方那个东西
相隔一个孟获的距离
十年跋涉不得接近
必须设法七擒

有七擒就有七纵
文弱何时变为兵勇

焦思不已起而立行
搜遍人间寻找智谋

梦中吱吱叫唤的顽物
浑身披挂鳞甲
粉足高举拴紧红线
怜悯丢到了天边

回想往昔的呢喃
浑物双睫夹紧，长闭双眼
他洒下一串泪滴
颤立风中崖畔

一个百战不胜的将军
离猎物很远很远
苍苍茫茫遥不可测
大约有孟获那么远

2014.12.14

信 悉

信悉　已知　勿须多言
镖声嗖嗖发连连
击中恶魔帽檐
抚摸隔夜箭镞
在早霞中默然
穿上宋朝的布袜
去贫瘠的山上采茶

四野嗥嗥真荒凉

老汉从今无牵挂

陶令携酒至

盲人扛土馒

天上降下花衣友伴

昨日翩翩多笑颜

我的老友是徐福

嚯咦,他引我上船

2014.2.16

阴雨修书

因为要修书,将二泉和
柴六开得细如涓流
无法抑制悲伤之瀑
自天而降,我的朋友
你可有佳所一处
品茗抚弦
盼白云悠游

清风过岗

临河洗耳

放牛豪饮

久卧深霾思家乡

又梦群鸥跃起

扫尽红叶飘落之秋

2015.10.26

鼓奈鼓奈*

请说什么叫鼓奈鼓奈
请把半岛方言讲个明白
你未见半大的狗熊
那个憨憨的世界

---

* 半岛方言,"鼓奈鼓奈"意为胖胖的、形体不伸展、动作稚拙可爱。

妙处横生，一切的
一切都无可救药
我备好坚韧的绊绳
我挖下柔软的陷阱
把你捉在梦中
四蹄拴上红线
颈悬脆铃声声
这铺天盖地的白雪
这挂满四野的冰凌
我们共有一棵枞树
我们足踏一个寒冬
来吧，鼓奈鼓奈
无法牵拉的笨手
难以行进的从容
跌跌撞撞忙忙碌碌
踢踢踏踏无始无终
钟声响了，鼓奈鼓奈
星星亮了，鼓奈鼓奈

2015.12.9

至爱至仇之声

这是至爱至仇之声
这是冬天里移动的刀兵
且把线装书放下
把心放下
南瓜和芋头装入囤中
然后去南方诵诗
使用浓重的乡音

淹没黄口小儿
自以为是的呻吟
声音如毒蛇一般响亮
像野狼那样高亢
呼吸细如游丝
等待冰果从树上垂落
静谧冬雪
有两颗叠印的心痕

2015.10.29

我已酣然入睡

我已酣然入睡
盖着牡丹花被
手机在充电
星星在眨眼
小猫在北风里抖着小腚
树木在铿锵交战
那个负心人

正搂紧小猪

亲吻那个平面

上边有两个精致小孔

这是平常的夜晚

这是革命的夜晚

这样的夜晚万万千

2015.12.17

阳台看马

站在秋天的阳台上
看马　看飞卷的尘土
轰鸣而去的西部故事
从街巷顺流而下
一只小而又小的紫色的手
抓住了缰绳和心

落叶纷纷的上午
在安静地呼叫逝去的时辰
没有皮革的气味
烈酒与刀剑的撞击
寂寞的绳索缠了一道又一道
勒进了岁月的年轮和
一条老狗的脖子

站在紫色闪烁的阳台上
手抚老漆剥落的廊柱
寻找高高悬起的球果植物
看它攀缘到死亡那么高
欢笑垂落到婴孩脚下

亲爱的不太大的马儿
归来吧,这边就像哈密瓜
折断了瓜秧

2016.9.18

半岛草木篇

野椿树

人人呼我百木王

浓绿生旺白沙疆

母狐安眠脚下

少女曼舞身旁

披蓑衣的牧童

苘绳长鞭披肩上

快来围坐白沙

别怕气味刺鼻
咱有千年美酒
还有喷香的哈欠
咱用火热逼人的胸怀
迎接全世界的美男

无花果

有一双眼睛看见你的花
羞涩的金丝绒悄悄披挂
大鸟你呼我叫,落遍枝丫
赶赴一场打开花苞的盛宴
这是横遭摧残的一天
让人双泪长流
黝黑的手捂住双眼
沉沉乌云不愿褪去
天光压抑,原野无声
花与果已经啄空
白色汤汁,红色的血

告别了青春

一个不再修复的季节

橡　树

老爷，我听从你的命令

在这里驻守百年

这是神的领地

你是世界的总管

而我，就像你的拐杖

像你黢黑的脸膛

我看见你黑色的心

从来不会怜悯

老爷，咱的领地真冷

没有小草飞虫

一年四季布满严霜

冻得我孤苦伶仃

渴望一杯甜酒润喉

想念一只小手

那个金色黄昏
款款脚步领来春天
有人依偎我
老爷，一切就是这样

银杏树

我有庄严的暮年
一头乌发英俊灿烂
身躯伟岸栉风沐雨
岁月化石汁水饱满
我是一座绿色寺庙
藏下幺奘的经卷
我有一双神秘的眼睛
事无巨细看得分明
大人物送来历史
千年塔摇动风铃
老妪能解白居易
少女撒娇百媚生

谁知冬虫夏草

能医现代疾病

我的果实被清水洗过

可做希腊石雕之目

那盲目的沉思

让人想起茫古和天外来客

多少欲望的手掌

多少败落的国王

核　桃

宛如人脑有百智

枝叶清香可作诗

咱是荒野中的经济作物

咱是被俗人丢弃的浪漫

细细咀嚼找回香味

缓缓抚摸认清沟回

循着曲折的路径

找到今生一个久违

不做苍老代名词
只想念红色披巾
想念鲜花和小猫
欢迎螳螂和蚂蚁
还有顽皮少年的
捶打攀爬
北风又起,雪来了
让我正色以待

马 兰

谁认识这渠边清贵
陪伴一代代贫寒
一棵草的芳名
追上骑马的彪悍
马蹄踏踏,叩醒乡间记忆
无论奔驰多远
这是一棵实用的草
乡下人喜欢韧而柔

用来捆绑葡萄架
系住一块滚刀肉

打破碗花

你的姓名
遗落在山崖和荒野
穷人血脉，祖谱
重新装订成册
一片星星点点
撒开，拼接成形
温习美丽和温饱
在田间采撷
装饰自己的鬓角
捧给貌不惊人的野少
博得一次爱心

莋 草

一张绿色巨毯

除了黄鼬和仓鼠

谁也不敢享用

割破小鹌鹑的腿和

小姑娘的手指

一面密织的网

罩住粗石瓦砾五色膏壤

人人相识,面熟

却没人喊出名字

在沉默和呼叫中生长

喊哑了喉咙,喊出

一个飞逝的秋天

麻雀飞来旋去

啄食风中的盐

绿色火焰,野生的海洋

心中的田野

深处和中央

小生灵在奔忙

这是莽莽雨林

一生踏不尽的苍凉

苍 耳

球果缀满箭镞

可做小狐狸的手雷

根茎丰硕枝叶阔

月色生旺又婆娑

洼地长栖的群鸟

永生不再起飞

没有一首歌唱我

我愿做草木传媒

记住一把镰刀

一只弹弓,一只水靴

泥鳅和蛇,鳝鱼和青蛙

一生植根贫瘠

吟唱兔子的诗篇

请在身侧掘水

请把嫩茎吞咽

找到苍凉找到我

我是倾听苍凉的耳朵

威灵仙

谁在丛林里为我命名

老者，武士，东夷道人

他们看见游走的根脉

十丈棕色胡须和

头顶的一朵白色小花

谁在冬天的热酒里

饮出感激的泪水

寒鸟啼声击碎冰挂

老乌鸦折掉羽毛

北方又有激烈战事

角落里屏息静气

呼喊百草兄妹

从冬天到春天

一起冶炼长寿膏

如此隐秘如此神奇

蓝色烟雾渐渐升起

整个世界一片迷离

      2014.6.22

威海印象

天尽头*

帝王在此地发表自己的
欲望,威严,野心和贪婪
如同恋人的缠绵,隐隐期待
青铜马车在风雨中肃穆

---

* 纬度处于大陆最东端的海岬,位于威海市荣成。秦始皇东巡滞留处。

在冬日寒风中日行万里
驶往日复一日的悲凉和死亡

出海仪式

在龙王庙前烧起冲天烟火
抬十二头血色裸猪前进
供奉千年不变的渔猎之心
招来京城丽女引吭高歌
摇橹的粗手捏起绣花针
绣出山水深处的鱼肚白
马祖的传说已经堆成泥塑
金锡封住的尘土不再扬波
描花女子来上香了,还有
道士盯在一旁,不问芳龄
鞭炮炸响如同沸水冲腾
万里疆场全是离弦之箭
逆向飞驰,射中沙岸
满面皱纹的鼓手擂了七十年

头上扎了奢侈的红布
二人扛起呜咽的大号
听水族大放悲声

你可否与我同行

是的,你可否与我同行
可否如约而至,寻找秋天
那个金色的杨树大街上
有一条飘动的墨绿色围巾
和一个温文尔雅的野蛮人
一首粗粝委婉的诗章吟起
又悄悄吞咽和融化
邀约的消息真的来到
是春天到秋天的渠水
缓缓流淌了三个季节
终于抵达沉默的耳畔
你像海豹一样丰腴
你像雪豹一样凶悍

你是个可爱的浑蛋
你的性格非常爽朗

这是海菜

它们都是绿的,海菜
海菜,一点不错,都是这种颜色
你如果有疑问就说吧
我用出色的权力告诉你
这种浅海中自生或栽种的
优良美物的前世今生
海带其实是一种虫
一种尝试着长成植物的
又顽皮又大胆的虫
趁着它还没有改变主意
赶紧采摘收割,嚯咦

海草房

沙地水边生出的大蘑菇
一排排丰腴肥美
菌类的杰作留给慢生活
那些虚伪的艺术人士
扎小辫的诗人和画家
流出口水,只无法啃食
他们像巨齿兽那样噬咬
穿洞而入,在中间育卵
生出一些畸形的小精灵
有的长冠子,有的三瓣小嘴
无比妖冶的雌性动物
让一镇之长百思难解

鱼拓画

钓海的朋友捉了条大鱼

然后开始做一张鱼拓画
将活鱼醉倒,静止而灵动
然后施以浓墨和宣纸
以老顽童与钟表匠的心情
技术精湛秘不示人
轻剁重扣屏住呼吸
偷窃般四下睃巡,而后
长叹一口气,嚯咦
揭下神秘的期许
题签,盖朱砂印章
价抵千金的鱼腥艺术
就此成就,你见过吗

烈酒和镇长

最烈的酒和最豪爽的镇长
算是最好的搭配,还有
我这个沉默含蓄的客人
好比是完美的领导班子

支配了这海边的黄昏
海鸥在不远处翻飞
星星出迎,月亮隐退
紫色的大脸和落了伤疤的手
紧紧握住我的胳膊
将另一种雄心交给我
我想做一个义气的强盗

风车阵

只需二级风就能旋转
匀速三叶在海岬沙滩
在手指处笨拙地活动
让人想起大猩猩
它的挪动和神情,它的
对视和满腹狐疑
水族着迷于灿烂的光
它们需要明晃晃的夜市
在夜市里被灵长们围猎

从此走入万劫不复的深渊
微风起处即有风车阵
唯独不见早起赶海的人

海与时光

渺茫无际的旁边
学童在学习计量和刻记
长可及踝的粗布裤包裹了
可爱的肌肤和关节
圆圆的髌骨还没有好好磨损
未来无可预料
一层层雪浪推过来缩回去
是大海的读秒方式
每一秒制造出一颗砂粒
每一亿颗砂粒中有一枚金子
小小的如同谷籽
静默的光阴溶解星星
它们在仰望中对话和注视

看太阳与月亮神的洗漱

稚声未脱的孩子笑了

他算出有多少海鸥飞起

走过了多少扛橹的人

所有的加在一起等于两条沉船

相继消失的时间

而五条沉船相加一起

就是海边的一年

2017.4.22

忆远河

——桤明*的诗笔记

我哪有这般多情和缠绵

这仅仅是我遥遥注视的

一个少年/老人

——《远河远山》

---

* 桤明,《远河远山》的主人公。

一　航船远去

汽笛和雾一样的颜色
一样的声音和脾气,它们
把我和母亲一起送走
送到这个可恶的远方
来找一个英勇的恶魔
一个煞神和继父

传说战功无与伦比
无坚不摧的野蛮人
把掠夺变成无数光荣
而今又成为我的父亲
没有血缘,没有温情
仅有一句粗话

母亲白发纯粹那一刻
是沮丧的早晨,是凌晨

微笑掩去另一种仇恨
仇恨又引来铁腥的枪口
总有一天会轰鸣，群鸟四散
所有一切全部结束

我跟随唯一的亲人来受苦
苦难连接东部海洋
那条迷惘的老船
载来等量的灾难和悲伤
我用纸记满罪恶和爱
只有一匙勺的爱

恶毒的眼睛已经闭上
光阴渺渺，为时已晚
水光溜滑的少年变成橡树
呼唤千遍无一回响
沉寂中笛声蓦然嘶喊
我背起母亲冲进茫茫腥雾
奋力撕开酱色妖氛

我在舱底变成邋遢水手
像大副那样叼上烟斗
饮酒，暴躁，踢猫，恶笑
黎明时乞求母亲谅解
却无法饶恕轻浮的爱情
铁壳大船远逝
无边苦难铺开

等待一个远行的日子
它的代价重如山峦
上帝揪掉全部依恋
流浪的背囊负上双肩
这是无法回避的一天
我等到心惊肉跳
罪孽大海滔天

二　在路上

奇迹在大山背后
在积满卵石的沙滩上
深夜炉火噜噜
干土中埋下恶毒的蟾蜍
它盯来火红的眼睛
将隐秘汇集陌路
追赶的火铳命中双腿

疯狂逃亡缓缓痴行
留给失恋少年
留给诗章和异伴
用贝壳和卵石充当钱币
购买最昂贵的爱情和纸
最神奇的纸，用来
一笔一画改写命运

梦中那座黑色石屋

盛满两代人的欢会

长藤鞭子和玉石烟斗

北方绵羊和挚友

全部星星为老人闪烁

为远方少年编织一部童话

留下做大山的孩子

追赶飘去的云朵

一声声催逼的汽笛

回告海洋深处的秘密

一切等待挖掘

亲手交给聪慧的传人

长途遥遥多饥渴

背篓沉沉不敢掏空

林子深处有一位兄长

只为一个女子歌唱

直唱到歌声哑寂,柴火

把大炕烧得火烫
这是传授诗艺的夜晚
这是流浪汉的华章
一次滞留和耽搁
双手接过大地的芬芳

他一眼辨析孤儿
脑壳上扑满秋霜
白头翁声声啼叫
从大山阴坡赶来，呼唤
奔赴约会之酒
夜幕后边那道黛蓝
遮住星星的注视
掩上世界的沉默

沙漠上那匹小骆驼
黎明前梦到涛涌和船
看见一片汪洋的牧场上
开遍洁白的睡莲

出发的日子遥远啊遥远
请听一个确凿的信号

三 雪孩

你剪去齐额短发
我那不敢扯手的林娃
油灯闪烁书声朗
卷尾狗衔起桃木梳
交给一个俊朗的男人
他是我们共同的师长
是你十八年后的臂膀
你的美目男童
手持苹果看我和拐杖

那个冬天的火与茶
草屋顶上的寒鸦
记忆中的黑尾鸥
捎来一目十行的书

告诉昨天植下的杏苗

今天已开花结果

流出逼人的蜜汁

小城的白雪已经融化

茫茫海岸再无寒冬

大街上全是落叶

纸醉金迷的口袋里

装满甜腻的风

横七竖八的倒木下边

爬出形形色色的幽灵

你在时光的莽林里寻找

一副痴呆的眼神　看见

手杖撬开幽闭的门

然后去灯影里切菜

准备一场迟来的晚餐

原木桌上摆满杯盏

开始驱逐老船长的仪式

那个胶木烟斗就是罪证
一缕海风是他的别名
探长手持罗盘和经纬仪
高筒礼帽降服刀兵
那个酒气熏天的继父
正襟危坐的衰老和无耻
看在母亲份上，饶恕他吧
今夜我默默独饮

我们分别于杏仁味的黎明
一夜伤悲，未曾亲吻
轻掸膝上灰尘
让半个世纪匆匆流逝
让孤寂坐到一起交心
离去，不再回头，各奔东西
去大洋彼岸做陌路人

谁为岁月弹拨一曲琴声

谁是这个年头的阿炳
无底的盲目深处
有世人诠释不尽的内容
一只粗手轻轻蠕动
握住八面来风
请记住这粗鲁的乡村
那些沙砾,枯木和大雪

白发飘飘多美丽
故人相逢,阅读慈祥
儿女散布天涯海角
风中传递隔世希望
这条路像一团绳索
把男女大盗一齐捆绑
最后的时刻笑了
后生看到你倔强的模样

一壶浊酒由冬雪酿成
遗在屋角,等待

一个文质彬彬的老饕
啊哈,终于来了
安坐许久只不动箸
静默中隐伏多少隐秘
多少悲凄与欢乐

四　爱情

因为害怕奢华
双手颤颤不敢伸出
怕看到老年斑
看到破裂的指甲下边
那些岁月的呜咽
你今生听不到
永不变心的誓言

你是饥饿之路上的烤红薯
你是老磨工嘴里的烟
微胖,性情绵软

共熬一锅豇豆稀饭
感激的泪水已然流尽
古怪的欲念不再纠缠
擦拭即将衰老的孩子
那张焦干的脸

所有积蓄都交出
装饰下半生的贫寒
银圆撒在耳畔枕边
与苦难捉迷藏
花朵开在路上
开在窄窄家门的旁边
你的笑声像溪水
浇灌人生的午夜

你是青春欢畅的岁月
我是白杨树的枝芽
百灵环绕的日子里
一起去寻找遗落的冬枣

终于如愿以偿
感激春天和冬天
迷恋均等的四季
我们修筑了北方城郭
城堡里溢满杏子的香息

在快车上过一种慢生活
在水泥丛林中栽种苹果
两个人的甜蜜国度
没有货币没有护照
只有马兰草织的摇篮
篮里放一个布娃娃

窗棂上镶嵌无数秘密
那个遥远的小客人
耽搁在花香鸟语的山涧
垂挂十丈的瀑布旁
听白胡子老人讲古
这边天色已晚

这边等得不耐烦

幻想熄灭的日子
我们买来一只大南瓜
让它踞于床头
世上竟有这么美丽的东西
最好的杰作都在乡下
我们去吧
结束这傻傻的等待
养一只蝈蝈喂它南瓜花

五 父亲

最熟悉的陌生人
属于一个古怪的种族
至拗至仁的瘦子
穿了粗布裤的谦谦先生
有人说他会吹口琴
以此代替吟哦

母亲闭口不提他的名字
将他隐藏于永恒

在一匹红鬃烈马背上
他是骁勇的驭手
在寂寥的阵地壕沟中
他开启一盒陈旧的罐头
半部辞章染上黄土
连同小蓟叶一起吞下
硝烟散去,残破旗子
挂在半截旱柳梢上

在华丽的殿堂中央
站立一位无冕之王
裹腿上沾满泥巴
双手落下紫色瘢痂
头发像点燃的火
两眼闪金光
所有人缄口不语

等待银针掉下的一刻

在双桅折断的船上
一个男子修整橹桨和鱼叉
淡水和星星全都耗尽
午夜响起雷声
闪电引来风暴
狂涛把人送达彼岸
又一次死里逃生
望一眼半塌的城垣
蹑手蹑脚踏向未知

数一下大船的肋骨
研究抵御风暴的结构
未来有多么狰狞
只需嗅一下腥风
母亲备下一摞干粮
我还是不敢上路
磨一把刀,折一枝花

分别送给仇人和恋人

你属于无头无尾的故事
你化进一部蓝皮诗集
你在秋天的橡子林
送我一捧干果
你对视狗的灰眼睛
揽住一只纯稚的生灵

在茫阔苍然的大海上
在冷峻巍峨的丛岭下
一片紊乱的脚印踏出
隐而不彰的姓名
那个人留在启航处
慢慢收起微笑

六　重回故地

想念咸鱼和铁锈的气味

松针垂落的时光
那只鸟的盘旋，铅云
将帆压得一动不动
又是出港的日子，又是离散
载来一个失败的家族
漂泊一些无名的传说
这场跋涉太久
这次游荡耗尽华年

围看幡然醒悟的老翁
有趣的眼睛和拐杖
真假莫辨的下肢
乡邻已逝，稚童遍地
松枝下栖息陌生的麻雀
一条老街刻下墓志铭
活动着功勋的影子
大炮在另一个世纪轰响
金发女郎踏上石板
锁链扯断一群傻子

连夜嗥叫赶跑一个王朝

那个满脸酒气的人让我垂泪
他倒在丧失名誉的土地上
直接葬在异乡,然后
开始灵魂的逃亡
母亲在白霜铺地的早晨
与他话别,谈到我
引出几声吭吭哧哧的咒骂
"我仍然爱那小子"

恨和爱是同一个东西
蜷在心窝深处
只要挨近滚烫的大地
它们就会蠕动,一跃而起
独自离去又独自归来
生与死不过是一场徘徊
最老的鹰悄悄隐形
没有人找到它的踪影

这一瞥又深又长

来路去路，皱纹纵横

神灵用一点小钱买走青春

它多么残忍，它让

万物臣服，乞求怜悯

七　对纸的迷恋

这是一种奇异的薄片，比

羽翼更神秘

来往无垠飞翔四方

翩翩降落人间

世上没有任何花瓣

比得上它的绚丽与芬芳

它驮载谶语和神迹

缝隙中刻记梦想

在隆起的山岭和原野上

有一片蓬勃茂密地生长

农民依恋土地
匍匐劳作挖掘宝藏
蝴蝶和苹果花纷纷散落
泗红少年的田园
遍植菊花和铃兰
诗与酒共置篱下
坐等一个笑吟吟的乡邻

绘制自己的行旅
花费一生时光
生命是时隐时现的诉说
是歌哭相随
是就此封存或一朝打开

夜色弥漫下半场,幕布
悄悄拉开
老人分开双手
惊异那条彗星尾巴
遗留在银河左岸

记忆像雪花那样轻盈
最后是晶莹的颤动
辉映出淡淡星月
凝成一把瓷珠

再次回想启航的日子
浓雾中钻出的笛声　怎样
震撼一座沉睡的港城
凶悍的男人在吸烟
准备迎接单薄的母子
悲哀从早晨开始
这个节令落下
枫叶和忍冬叶，石楠叶
被风霜洗白的柿子叶

压抑了太久，亲人
这一次好比大堤决口

2017.5.10

去瀛洲的船队

秦皇帝大悦,遣振男女三千人,资之五谷种种百工而行。徐福得平原广泽,止王不来。
——《史记·淮南衡山列传》

一　大王嘱

旷世大王双目深陷

捻动发黄的拇指与食指
忍受丹丸燥热阵阵袭来
汗液渗流浸透衮袍
仙人呼吸如薄雾缈缈
鸥鸟穿过铅色云层
掀动沉沉的幔帐
衔来一个红色的口信
慌促急切欲言又止

朕需要一场庄重的仪式和一位
无与伦比的齐国大先生
一位神界的统帅
一次前无古人的远征
让梦想在瀛洲开花
让滔滔碧波变成新的疆场
请得斋戒,沐浴更衣
臃肿的宦僚和轻盈的嫔妃
像一群等待鼎烹的羔羊
发出经久不息的欢声

朕执手爱卿缓步厅堂

牵住齐国方士蠢蠢欲动的心肠

如此俊逸的男子千古流芳

温软的手指已经汗湿

朕想起那匹青花骏

坐拥万里江山一线曲城

娇声响彻八百里秦川

沃土浸透壮士血

铁蹄千里止稷门

爱卿胡须翘翘好生可人

满腹话语一吐惊心

朕已唾弃人间城郭

厌恶浑浊的炊烟

世人皆知齐国美玉最温润

东夷女子最妖冶

只无人照料我的来世

无人可怜朕的膀胱

永生的丹丸已然散尽

深宫遍布娇嫩的乳房

臣在,臣正洗耳恭听
屏息静气生怕惊扰苍蝇
陛下是伟岸的秦岭
在下好比一只小小的飞虫
于夜色里往来宫阙
携带着一颗卑微的心灵
没有什么比星汉更遥邈
没有什么比东海更澄明
天海一色迷茫处
紫黛闪烁为瀛洲
当船队登临仙山的时刻
臣采撷一支打破碗花
插到最美的妃子鬓角

宦官端来银壶
承接臊气四溢的夜尿
死气沉沉的深宫

幸福逼得佳人浪声大笑
直到鱼肚白轻轻翻过
抹去眼屎不再早朝
一身铁骨钙质流尽
鬓发斑斑再添一绺白毛
谁砸碎了我精美的佩玉
谁收割了我无垠的麦田
盛怒之下一百次赐死
戾恨深仇仍难消弭

巧嘴滑舌的东海方士
生就一副鲛鱼的肝胆
冷眼不怕卢鹿剑
秦国荤腥全靠盐
朕赠你广厦千万间
如鱼得水娇娘满庭院
余下的岁月永不动刀兵
朕于午夜祈望天宫弯月
渴望一睹仙人的容颜

隆重盛大的启航日即将来临
快快迎接岁月更新
睡梦里盛开一支长生花
五瓣展放,硕如蚌贝
中间是朱砂的殷红
是永不凋谢的青春的颜色
你为朕取下这颗长命之珠

瀛洲之路水涟涟
巨蛟翻腾险象环生
在孕育银月的幽谷里
深藏一根定海神针
待日落西山的某个时辰
天下无敌的雄兵迎你回师
弓箭手一字排开,鼓声震天
楼船轰鸣万炮齐发
震落鸥雁与云霞
你从此握住碧海丹心
挥剑剖开苍龙肝胆

朕为你倾满十二盏金杯
为你披挂层层霓裳

二 三千娇娃

从合欢树下寻找水做的孩子
让日月光阴潺潺流动
朕用巨斧劈开石与土
从干燥坚实的高原大垒中
挣扎出泥的头颅和陶的手臂
甲胄撕裂处露出黄色肌肤
穿山甲奋力开掘的鳞片
盲人石斧拼命击打的火花
水银和硫黄是血脉
花岗岩与松子石是骨骼
笨拙的黄泥武士搓揉枯目
失足跌下万丈深渊
从此再无声若霹雳的王师
只有东方的阵阵腥风

拆散夷人束紧的发辫
那片无边的大水耐心洗涤
层层沾裹的身躯和毛发
将干结的心浇得鲜活
然后睁开黑白分明的眸子
寻找三千童子

在海滨洁净的沙原上
在鸥鸟和鱼翅的飞旋中
戴上一尘不染的红肚兜
扎起朝天锥和闪亮的发髻
肚兜上的大鱼和额上红点
化为一曲流利的歌谣
它能化掉青铜剑
把凶悍的马队变成风筝
一个眼角上扬的美男子
举起水娃,亲吻额头
环起藕瓜般的胳膊
久久注视出水芙蓉

走遍千里万里

收集纯美的嫩苗和

即将播下的莲花种子

向织网老妇讨一篓青鱼

当作遥遥跋涉的干粮

竹梭在银河彼岸划来拨去

在天海相连的游丝上

悬了一枚人见人爱的长生果

贪婪垂涎倾其所有

卖掉祖产和社稷,再加上

全部的血缘和前世今生

飞鱼来报阴森的渊薮

水晶花岁岁枯荣猛兽出没

一个个嗜血大王的消息

人间灯笼照不透海底

那个盘踞千年的幽灵

弓箭手奋起一击,瞄准

那颗悬在山顶的星辰
射落一枚永恒的果实
百合花像灯笼一样举起
碧波千顷丹心闪烁
黄金水道回荡起
脆亮的声音和娇嫩的面容
壮士在甲板上赤脚舞剑
蛟龙排成送行的长廊
船舷吹来说不尽的故事
橹桨搅动翡翠和白银
折扇上有嘤嘤之声
迷茫深处缤纷落英
一年四季由水晶做成
所有的神奇握在手中

这是一场青春的逃亡
痛别衰老和枯朽
让新枝稚芽无畏地疯长
当隆隆摧裂风暴来袭

追逐嗥叫与奔突
昏天黑地群山崩塌
你在韧壮的臂膀里沉睡
梦见骏马跃上星辰
所有高帆全部升起
锚链发出欢快的歌吟
命运的季风日夜兼程
珠泪凝结，大脚生根
甲板上茂长滴雨的树林
呜咽的号角在午夜响起
闪电把寒刃照得通明
最后一匹宝驹垂首而立
启航的命令倏然腾空

三 巨鲛

龙王遣来三千仪仗
黑色涛涌潜伏强梁
野火焚烧青纱帐

阵阵疾雨似毒镖

彩绸撕裂，银罐击破

一排呼啸的箭镞

射中了命运的缰绳

十丈狂涛渐渐合围

黄口小儿肚兜上那条飞鱼

不知往哪里降落

水炮惊天，轰击

高耸的楼船银帆下

那个神色冷峻的齐国大先生

他像一棵求生的树

倾尽全力扎下根须

红翅巨鲛滚滚涌荡

宛如七国的虎豹豺狼

蚁叠而至的遍野秦兵

鼓声震落宫阙中的桂树和

新婚之夜残留的冰凌

这无边无际的大荒

这座座相连的王冢

冕旒垂挂了全部死亡

琉璃破碎，黑色的山峦和牛

淹没一行痴呆的头颅

歌哭相随的日子瞬间停滞

弓箭手跃到空中

抓住一簇焦干的浪花

撕裂的甲板像故乡的黑心菊

散发出令人恐怖的芬芳

最好的武器是谦卑

是压过大浪的祈祷

战舰被巨手举上乌云

然后又轻轻放下

一粒豌豆在绿绸中包裹

发出轻轻的鼾声，星星眨眼

鬼针草沾上羚羊的衣衫

是安静的午夜还是黎明

是生者还乡还是遥遥放逐

伟岸而白皙的齐国大先生
眼中溢满腥咸的泪滴

北斗溅上冰冷的虚汗
星月在舷边静静流淌
有一条鱼在孤寂地飞翔
有一支歌在心中埋葬
风被神灵收起，落帆
动手砍伐冥府的桅杆
弯月照亮喧哗的碎银
三千娇娃放声噱唱
美酒倾向大海的喉咙，祭奠
阴森的无常和奇迹的饶恕
那支从颈部收回的铜戟
而今插在恶魔肚脐上
这是亘古至今最长的一夜

剩下的是故乡的温柔
是覆盖天下的巨大绸缎

一场托付终身的依偎
一场数九寒冬的裹卷
我们变成飞去的利箭
把石头日历击穿
红色云霞里飞翔的蓝蝶
那么优雅高傲
它来自何方又在哪里降落
它寻找一个开满鲜花的王国
这是一只真正的猫脸蝶
牵引少年的情思和闪电
请安静，先生们，请倾听
那隐隐传来的一声声蛙鸣

伟大舰队所向披靡
却无法打败自己的梦幻
鲛翅上闪烁命运的倒影
写满了幸运和无常
上苍派来三仙山的使者
留下一个童话和寓言

从此海上开遍洁白的雪莲
铺开迎接骏马的草原
月夜里有人吹响竹笛
奏出齐国寒凉的悲歌
讲述男女幽会的长夜
一束紫蓝色的笛音
落在何处，何处就是边疆

四　思故园

这里有平原广泽而无仙山
长生不老的呓语长满苔痕
美犬眼里闪动悲哀，盯视
我苍老的面容和旧装
我挽起的长发和叹息
时光像珠子一样在手中遗失
视野里再无颓丧的帝王
他干枯的惆怅和手
抓不住锈蚀的权杖

望眼欲穿的香雾和嫔妃
混浊的泪水和宫闱
巨鼎轰然倒地的一刻
文武百官一齐匍匐在地

我看到彼岸游走的熊罴
残忍的牙齿和阴沉的双眼
凄厉的呼号震落山石
捂紧那颗狂跳的心房
这里的风是土著胡须的颜色
他们像苦草一样的胡须上
悬满了种子和七星瓢虫
长夜飘荡的齐国歌谣惊起群鸟
掠过草屋像逼近的刀兵
大王的绝命马队远驰山阴
埋葬于肃穆巍峨的秦岭
从此安心耕种一亩麦子
植稻，浇灌彩云般的瓜田
听纺车轻轻哼唱

无比尊贵神明的齐国大先生
已到淬剑铸鼎的时刻
请奏响韶乐,展放袖里乾坤
沉沉王冠压不住美目轻扬
八百年故国恨如磐石
下边有一支金簪,快插上
亭亭玉立的宫女香鬓
笙歌如丝牵过万顷碧波
纤线不可折断,它的一溜水滴
是垂挂的颂辞

伟大仁慈的齐国大先生
臣长跪不起直至天明
等到耳畔响起经天纬地的声音
一道沉重的帷幕徐徐拉开
喷薄日出万道金光
那是故国金碧辉煌
是巨人的呼吸和心跳怦怦

您的号令就是振聋发聩的雷霆
您的目光可以击碎千年冰封
臣伏地战战栗栗唯唯诺诺
芫发垂地东方既白

我梦见故国的丝帛和
那口甘甜的老井,长畦青葱
一把青魆魆的宝剑
四轮马车碾过长街
百灵一路追随高歌入云
稷下先生的宏音声声听闻
风中有祭酒的香气和祝祷
有礼赞钟鸣余音袅袅
彩云一样的马群和稻田
东夷炉火再次炽映长空
赤铁流金绕过黄陲
浇铸令人生畏的戟阵蛇矛
腥风血雨的旗帜在沉默
挺立着无坚不摧的残忍

这一切在异乡叹息中复活
在悄然无察的浊泪中浮现
谁用温软的绸缎包裹狂热的刀锋
谁用那口老井的冷泉
浇灭腾腾燃起的野火
心之一角蹲居卑微的王者
一个戴了沉沉王冠的小人
这是一次功败垂成的险胜
一次至丑至真的裸露
一场宵小的群唱和演奏
一堂衰老和恐惧的功课

异乡清风梳理华发
抹不去满脸沟壑
那是时光镌刻的地图
是追逐生命的隐秘行踪
悉数归还的日子已经来临
身后是一群土狼猞猁

一条惶惶不可终日的丧家犬
浑身散发铁腥的屠夫
站在至美至新的异乡
遥望来路的荆棘和玫瑰
那片滴血的芬芳
大声回告船队吧,大先生
用自己的声音,用稷门之下
那浑厚的美声

    2018年2月—9月

等待一个"窗口"

童 话

童话在文学作品里是比较纯粹的一种文体,它往往与纯文学的理想十分接近。一个人随着年纪的增长,会更加喜欢孩子,如果写作,就会不自觉地多写一些关于儿童的文字。童话不光是给孩子看的,各个年龄段的人都比较喜欢。真正意义上的"儿童文学",应该是成年人手里经常捧读的,他们会对这些文字着迷,像儿童一样恋恋不舍。吸引不住成人的"儿童文学"不可能是真正的文学。当然孩子们取得一些"量身定制"的文字,也许阅读障碍更少,更有亲近感。

随着网络数字时代的信息复杂化,泥沙俱下的声像制成品对视听造成扰乱,写作者经常进入单纯明了的少年情怀,是一种难得的生存滋养。清纯的想象和思维是一道屏障,一种喘息,一次缓冲,一个绿岛。

窗口期

写作是一种劳作和生活方式。劳动总是有魅力的,可持续的,任何工作都有辛苦有快乐,但有足够的充实感和兴趣,才能保证几十年做下来。写作是一种劳动,更是一种极富创造意义的劳动。亲手创造出一个世界、一个人、一些生活,这当然会兴致勃勃。付出心力的创造令人疲劳,那就需要休息。一般来说,业余心态的创作会少一些疲劳,因为说到底写作属于心灵的支出，不能总是按部就班地去交付它们，而常常要等待一个"窗口"期。有人说创作需要激情，需要冲动，这其实是在说"窗口"。任何劳动的坚持都需要兴味，需要热情，但仅仅依靠这些还不行，这还不是"窗口"的意思。每个人对待事物的热情是不同的，持续的时间也是不一样的。持久的热情，一定有较大的热爱在内部支撑，这种热爱既源于某种偏好，也源于对一种意义的理解和追寻。写作者应该是极有理想和责任心的人。

一只小鸟

出生于五十年代，也不会总是写五十年代以来的故事。写作需要想象力，而想象力是没有边界的。《独药师》写了1819年至1921年的事情，那肯定不是作者的亲历。这样的创作需要想象力，要借助于许多历史资料的消化。但这些都要与个人的生活经验、关于人性的知识结合起来。一个人完全可以写一只鸟的生活，比如童话的创作就是这样。作者凭什么去描述这只鸟？凭知识？知识那么重要？有没有比知识更重要的东西在帮助他？肯定有。这种东西不是别的，仍然是关于人性和生命的经验。作者不是一只兔子，也不是一只猫，却能够细致而逼真地理解它们，再现它们的生活。这的确依赖于一个人对人性深度的理解，依赖其丰富的人生经验。这好像有点奇怪，但一切真的是这样。作为一只鸟或一只猫，人与这二者的生命性质差距多么巨大。这些差异我们都很容易明白，比如鸟吃虫兔吃草之类。不过生命之间的共同性、某些相通的质地，要搞明白就不那么容易了。生命中更深处的一些差别要弄懂实在不易。研究生命之间的微妙差别和相似性，必然是很深的一门学问，是最有魅力的探索。我们可以问一下，人和一只小鸟在哪些方面是一样的？哪些方面又极不一样？我们和它们的高兴有什么不同？其原因是什么？食物有差别，但吃到愿意吃的东西都会高兴。都畏惧伤害，都有痛感，都有敌人，都有快乐和惧怕。生命与生命的情感模型在多大程度上是一致的，这需要写作者去用心揣摸。

没有经历过复杂事物的年轻人，要写出深刻的作品也不是没有可能，因为深刻是表现在许多方面的。生命在每一种状态每一个时段中，都有其深刻的一面。人的想象力是奇妙的，这是一种天生的能力，但要随着后天的经验而生长。先天和后天是生命的两大空间，这两个空间的连接方式就是生命本身。人活着，空间就在加大和延展。所以说一个经历了无数事物的阅历深广的人，想象力应该是强大的。从这个意义上讲，如果脑子没有发生退化的话，老年人应该是更有想象力的。而想象力，我们知道，是写作中最可信赖的好东西。

心　田

写一部长长的作品，首先是身体要好，不能是病恹恹的，要中气充盈。还要做资料方面的准备,比如说熟悉生活场景,做好功课,都是必不可少的。一部长篇不能一阵冲动就去写,不能认为已经想得很多了,然后贸然动笔。如果一个创作的构想在心中不放上十年或更长一点,写出来厚度就不够。不过这只是通常的情况,总有些特别的情形。有人较快地有了冲动并很快写出了不错的长篇,这种情况也有。但将一个构想放在心里积累较长的一段时间,比较起来还是更可靠的做法。这段时间应该不少于十年。《独药师》准备了三十多年,这三十多年不断丰富着,将它放在心里浸泡。人的思考力是有限的,而且思考的速度也有一个极限。有一些元素,思想的艺术的元素,不可能在短时间内积蓄完成。人的精神内容要在一个漫长的时段里才能充填起来,其中涉及的各种物事才能熟悉起来。在这个基础上再进行热情的兴致勃勃的叙述,这才有可能。饱满的情绪总是在充分准备之后的某个局部出现,这个局部恰恰要十分依赖日常思忖,包括潜意识活动这个基础。许多人好像不太重视这个基础,更相信集中精力的即时运筹。事实上要让小说的结构和人物在心里活起来，就得像一枚种子植在一个地方，这个地方叫"心田"。缺水缺温度，总是不发芽，那就制造一些条件。收集材料，思虑和想象，就相当于阳光和水。三十多年不可能只等这一颗种子发芽，心田里会有好多种子，它们将会在自己的机缘里挑选一个时间发芽。

长生药方

有志于改造社会的人士，总有自己的关于社会的"药方"。而《独药师》中的长生药方是世代传下来的，它在一个地区和一部分人当中是深信不疑的。当年的革命党人并不过分看重它，他们只会强调革命的力量以及这种力量的不可替代性。从历史关节上看，也算各有道理。中国的传统养生术在半岛东部是一种实际存在，源远流长，几千年了，不是后来人喜欢与否的问题。写出这个存在是困难的，可能进入有关的领域也就绕不过去了。在十九世纪初的中国，半岛地区的革命党人与这些"独药师"有着千丝万缕的联系，里面的故事也就复杂和有趣了。这是真实的历史，而不是虚构的需要。

世俗的恶意

好的写作者不会是一个随波逐流的人，起码在主观上是这样警醒自己的。任何一个写作者都应该有自己的立场、自己的思考，希望自己写出的文字是对这个时代的一种提醒或补充，是有益的而不是有害的。他要对这个时代表现出巨大的善意，而不是一般的善意。在这个基础和前提下，要做的事情很多。表达巨大善意的方式有时候不是直接的，但最终要对这个时代表现出一个人的责任心。写作者需要非同一般的心情，这就是苛刻与宽容、追究与憎恨，还有许多的爱。人的心情与周边世界的关系总要在文字里呈现，无论多么曲折，最终都是一种呈现。有人着迷于现代主义的偏僻说辞，天真地认为凡这种呈现一定是肤浅的，而信口胡扯甚至充满了恶意才是永恒和真实，才能摆脱所谓的"二元对立"。这其实正是一种绝望无知的简单化和粗蛮化，根本无法进入复杂的人性与真实，是怯懦的畏惧和逃避。不论以何种隐晦的方式沉沦或媾和，与善和美对立，都可以滑入"二元"的窠臼。艺术家对于清洁的追求和自律，说到底是一种斥拒浊流的勇气，这种勇气通常总是首先贯彻到复杂的诗学实践当中。这一切也好理解，因为除了相应的天资与敏锐之外，还需要不断地超越平俗和庸常，处于世俗的恶意难以抵达的高度。

文化血脉

在这几十年的潮流中，一般来说，一个写作者年轻时阅读国外的文字会比较多，随着年龄的增长，必将对中国古典越来越重视，并自感时间的紧迫。在我们大陆，几十年来的传统文化教育是一个弱项,时至今日,可以说个体努力已经有些晚了。对文化传统我们先是了解,再是深入,这大概是一生不敢荒废的事业。对于五六十年代生人来说,大概可以说外国皮毛已得,传统宝藏却早已远离。问题非常严重,这已经是网络数字时代里很难解决的一个文化难题。

随着年龄的增长,人会更加靠近自己的文化血脉。比如人们常常开玩笑说,一个人如果老了,就越来越爱看京剧了。这其实是有道理的,符合叶落归根的说法,揭示了生命与文化的奥秘。一个人老了,就会越来越靠近自己的母体文化,而土地是承载文化的代表,是包含一切的。一个人自出生的那片土地起步,一直往前,最后还是要回到原来的那片土地上来。我们民族文化的结晶,文化的"土地",主要是一些经典。以前的《楚辞笔记》,近年的《也说李白与杜甫》《陶渊明的遗产》,都是个人学习古典的记录、一些印迹。传统经典很多,就文学来说我们先是找一些代表人物来读,比如屈原、李白、杜甫、苏轼、陶渊明这几个诗人。他们是符号性和标志性的，是不朽的。

感　慨

写了四十多年，或许够长了，但有时又觉得一切才刚刚开始，一切都很新鲜也很初步。有大量新作品等待写出来，一时没有精力或没有准备好而已。一个人从事写作这种极复杂的工作，往往需要几十年甚至更长时间才搞得明白，这里是指一些技术层面的东西；就是说，到了六十岁左右才刚刚有一点成熟感，可惜身体远不如过去了。有人身体到了五十多一点就大不如从前了，再进行巨量的创作是不可能了。可见这是多么矛盾的一件事，但没有什么好的办法。从中国到外国，许多写作者都感慨过这个。心里想做许多事情，而身体只能做很少的事情，就是平常说的"心有余而力不足"。也有人是"力有余而心不足"，这样会更糟。更糟的事情尽量避免，这已经是很好了。

灿亮的星空

如果作家成长的自然环境比较特殊，会是一笔财富。那是海边的一片很大的林子，人烟稀少，是一眼望不到边的莽野。古代这里是大片的沼泽，直到上个世纪初还有一片片沼泽，是野鸟之类的天堂。再往前追溯，就是古人所说的"人民不胜鸟兽虫蛇"了。这样的环境令人向往。奇怪的是荒野消逝的速度竟如此之快，差不多只是一眨眼，高楼林立了，汽车穿梭了，一部分浅薄的人欢欣鼓舞了。"现代化"来了。环境污染到了目不忍睹的地步，其他还有什么可谈的？以前，即小时候跟大自然唇齿相依的那种关系完全没有了，一切不再复返。人从小与植物、动物亲密无间，会培养出不同的情怀，而且还将决定和影响他一生的审美特质。如果说童话是文学的纯洁无瑕的结晶，那么林野生活本身就是一部大童话。睁开眼就是灿亮的星空，是树林和动物，是畅流的河水，这才是诱人的生活。

流 浪

东方，如我们这里是农耕传统，不是西方的骑马民族。大草原上的流徙生活是他们的常态。所以在西方，流浪汉小说是一种源远流长的大传统。中国近年来有了流浪汉小说，其实并非是对西方的模仿，而是现实生活的写照和反映。中国的城市化进程加快，有了乡民打工者的大规模往返，移居的人变得空前之多。生活的急遽变化也增加了不安定性，人们的生存方式与生存状况极大地改变了。《你在高原》中的流浪汉很多，他们一直"在路上"。各种各样的流浪者构成了一种社会图景，这是许多人都熟悉的。《独药师》中就缺少这种流民的描述，因为那时尽管是一个战乱之期，但东方农耕民族的生存气质还没有得到有力的改造。但那时已经是一个开端了,是"现代"的开端。要了解现代化的步履,写作者的笔触就伸进了《独药师》的领地。许多读者只神往于它那片奇特的爱的风景,这是可以理解的。但是这里面关于现代化的关照不能忽略。东方人的"流浪"就从那一天开始,大踏步地前进了。

踏上旅途

流浪汉小说,说到底是现实生活的再现。这不能看成是作品的风格,而是客观世界在创作者心镜上的映像。定居是一种安怡,但总的来说还是暂时的。人的心灵是处于周游状态的,每个人最终也会离开。人生只是一次或多次的长旅,所以写到生命的流浪,其实正有着根本的深刻在。我们的文学总是歌颂安居之福,这是人们对美好生活的向往,是一种诗意的寄托。流浪是辛苦的,但有没有诗意?当然有。真实,还有寻找,总是有着巨大而永恒的诗意。有一个朋友,他家中的显著位置总是放了一个旅行箱，好像随时都要出差一样。这是可以理解的，他的生活虽然也算安定，但踏上旅途的概率还是很高的。大概是一种生活习惯之类，使他把生命的冲动、心底的潜意，就这么赤裸裸地、象征性地搁在了家中。

面对自身

文学写作也许可以让人比较冷静地面对生活，面对自身。对一个人来说，网络数字时代的客观世界变化剧烈，已经远远不同于以往几个历史阶段的生存经验。人在这个时期需要处理的主客观问题太多了，不免陷入手忙脚乱的尴尬境地。正因为如此，最基本的一些大问题有时也会忽略。面对自己的文字和他人的文字，可以进入深沉一些的思考，大多数时候，文字可以让人变得比较安静。这个过程是十分难得的。就文学写作来说，那也是各种各样的，我从事的是偏重于思与诗的所谓"雅文学"的写作。

感受力

　　文学当然不会因为载体的繁多而消失标准或改变标准。文学是语言艺术，首先要有精湛的语言表达，有言说的深刻个性和魅力。就小说来说，还有人物思想故事诸方面的表达。文学是各种各样的，千姿百态的，不是简单就能概括的。作品所包含的巨大的善意，是所有好作品都要拥有的。当然，对于文学作品的感受力，每个人是不同的，这既有先天的差异，又有后天的修养之别。不过审美力的缺失，知识也难以弥补。所以我们有时会看到一个读了许多书、拥有高学位的人，反而缺乏基本的文学阅读能力，这种情况真的是经常发生的。

宝　库

　　徐福是一位奇特的历史人物，见于正史，并

化为广泛而悠久的民间传说，形成了一个民族的心史。这个人连带了一段独特的中国历史、民间隐秘，具有形而上之思，是进入某些领域的一把钥匙。这个人仅仅作为新大陆的探险家，比起一直令欧洲人骄傲的哥伦布要早了一千多年。他出海之因、之意义，还有其他，都值得我们当今去好好研究。这是一个拥有多方面贮藏的、挖掘不尽的宝库。

运用得当

现在写得当然很少了，这是很自然的。可能以后不太会进行更大体量的创作，有人说这是考虑到了现代读者的接受力，有一点；但更主要的还是其他，是其他原因，比如体力与激情，比如材料的积累，比如表达的目标和需要之类。写作者不能过多地考虑读者的需要，他要有强大的自主性和独立性，这才是他的力量之所在。一个人年纪增长了，知道的原理和规律多了一点，那就得运用得当,写得会少,会慎重和结实,会更有力。当然,这时候的激情表达是更可贵的,但方式会有变化。

决定力

写作者始终与大自然保持紧密联系,不一定就能变成一个质朴天然的作家,但起码有助于他的成长。所谓的"作家心中有大事",在很大程度上即由此决定的。一个人总是专注于一些人事争执和社会层面,虽然十分重要,却不能脱离生命活动的大背景,这个大背景就是自然天籁。社会力量再强大,在大自然面前仍旧是十分渺小和脆弱的。我们对大自然闭上眼睛,它的决定力也仍旧存在。

手无寸铁

猫和狗当然是无比可爱的,是所谓的"经典动物"。它们离人最近,帮助人和安慰人。它们手无寸铁，可是人在许多时候也是无助和孤独的。所以人和动物要好好相处，一起度过属于自己的时光。动物的问题是人类不可回避的大问题，对许多人来说，它们是极为重要的存在。它们提醒我们以不同的视角和眼光去打量这个世界，从而对日常生活有个准确的判断。动物的眼睛所蕴藏的隐秘是我们一生诠释不尽的。对动物冷漠或残酷的人，需要时刻与之保持距离并警惕着，因为这些人一定会摧残我们的生活。

那部分人

我说过，那几部长篇（《外省书》《刺猬歌》《丑行或浪漫》）是"生命能量发挥最好的创作"，仅仅指自己近二十年来的写作，并不包括更年轻时候写出的文字。《古船》《九月寓言》是我比较早的作品，大致是三十岁前后的创作。当年它们因为经历了较长时间的阅读接受，同时又是最早的两部长篇小说，大学中文系也常常讲到它们,所以通常被认为是我的"代表作"。它们对我也的确很重要。《你在高原》的体量很大,写得很久,耗费精力极大,内容也非常复杂。我今后大概再也不会写这么长的作品了。再过一段时间,更多的读者可能与作者自己在评价上趋向一致,也可能仍然有较大差异,这都是很正常的事。对文学作品的意见,主要还是要听对语言艺术极敏感的那部分人。说到底,文学作品最终还是要交给有文学阅读能力的人。这本来是极简单的道理,不过写作者真要弄懂也不容易。

一颗种子

一个创作构思放到心里,等于是植下一颗种子。让种子放得时间更长一些,也是为了等待一些种子死亡、另一些种子萌生。这是作家的一种选择方法,等于自然淘汰法。最后,并不是所有种子都会茁壮生长的。有的种子,再厚的土层也压不住,它的尖芽会顶得人心头发疼发痒,那就是一个非要长大不可的生命了。

好的作家，无论用什么方式发表作品，都需要苛刻严谨地对待每一个字。所以只要写得很长都会很累。文学写作的难度，稍有写作经历的人都会知道。写作中谁都会被卡住，那就只好放一段时间，多想想或者一点都不想。到了时候，问题总会解决的。

尊　称

通俗文学的主要功用是日常娱乐，这种娱乐生活中是需要的，只要健康就好。"纯文学"这个概念也许有问题，但我们大致知道它指的是一种诗与思、一种语言艺术，这与一般意义上的娱乐文字毕竟是不同的。就像相声虽然不同于哲学著作，但相声也不能被哲学著作取代一样。各有所需，功用和价值不同，它们肯定是共存的，将被不同的人接受或推崇。

出于礼节性的尊敬，作为尊称，怎样叫都

可以。但显而易见,"作家""思想家""军事家""哲学家""诗人"之类,不可能是一种职业称谓。现在写作的人很多,发表的园地也很多。过去写作的人也同样多或更多,只不过发表的园地不多。但无论多与少,并不会影响真正意义上的作家的数量,他们在每个历史时期大致也就那么多,不会太多。真正意义上的作家总是很少的,正像一个时期思想家、哲学家不会太多一样。

写作是人的一种欲望和本能。谈论写作和发表,有许多时候并不是在谈论文学。有时候从市场接受上看起来已经很"文学"了,甚至呈一时之盛,但极可能与文学的关系并不大。文学接受是极复杂的审美过程,不是热热闹闹的商业促销之类。

成吨的汗水

我觉得《寻找鱼王》《独药师》《艾约堡秘史》这三部近作,是我花了四十多年的时间才抵达的一种目标,也是我多年来的文学期待。今后特别想写的文字当然有,那只有放在较从容的时间里去完成它们了。我会写得比较少,因为可能去写更有难度的作品了。

一个写了许多年的作家,对自己伤害最大的,可能就是不自觉中进行的"惯性写作"了,即沿用过去的生活积累和笔调,以及顺手的结构方式,轻车熟路地完成一部"还不算太坏的作品"。这对作家来说是糟糕的事情,没有什么意义。文字的堆积是最无聊的事情。创作是心灵的一次欣悦和感动,需要新的暴发。没有崭新的感触和经验就不必动笔。一般来说作家的表达,在总体风格上是不会改变的,但具体到每一部新作都应该有新的元素加入进来,这些元素越多越好。特别是"笔调",它需要去重新寻找和确定。

要超越从前的作品就得花费更多的时间,花双倍的力气。经验多了,经历多了,技法层面长进了,应该是作者手中的法宝,但要用好它们也不容易。文学表达是极有难度的一种工作,没有多少工作比这个更难了,所以写作者哪怕有一点点长进，往往都要付出成吨的汗水。

伤　害

写作的欲望不会是平均的，平时最好把满脑子的"文学"排空，以便让新的灵感进来。想"文学"太多会很累。作家干体力活最好，读书也好。平常想尽可能地远离"创作状态"，这样就不至于伤害"文学"了。文学思维在日常生活中会被磨得老旧，而它应该是新锐新奇的，所以不应该被平均化地撒在日常生活中。这一点对写作的人大概很重要。

智能手机让我们接收信息变得太便利了，所以脑子总是给填满，这是太可怕的一件事。一直沉湎在电子阅读中，往往会丧失文学阅读的基本能力，最后连明显的语言优劣都看不出来了。不过从网络中看看新闻大概还行。

2017年12月—2018年4月，访谈辑录

文学的一个开关

——在鲁迅文学院的对话

"创作"和"著作"

对书中的文字,不能因为短小而轻视,它也许很重要。我曾用到这样的概念:虚构的文字是"创作",而言说和思考是"著作"。"著作"显然是更庄重的字眼,将一些思虑记下来,这或许更有意义。说真话,有意义的话,朴实的话,从心里想说的话,才会有深入的交流。

我用很多精力写小说,特别是写长篇,也用

很多时间写散文和诗。散文很自由,可以完全敞开自己。许多年过去,散文的写作量变得比虚构作品还要大。文集里超过半数的是散文。这里的散文不一定是平时说的"艺术散文",它的边界要开阔一点。这种文体的界定不宜太窄,比如历史上有些实用的文字反而成了名篇。一个人要以不同的形式书写,有时还要看重文字的使用,这种实用性或许更靠近散文的本质。讲理是实用,抒情也是实用。

这本书(《海边兔子有所思》)实质上在讨论一个问题:好作家是什么样子。作家应对文字特别重视,即便如此,回头看多年积累的文字,有的还嫌粗疏。当时的写作却是倾注全力的,可见时间更有智慧,它的标准也更苛刻。出于对时间的敬畏,写作者不敢放松对文字的要求。一个作家无论写得多一点还是少一点,首先要有一份对文字的敬畏。

诗最难

我写过剧本和报告文学。有人认为一个写作者可以写小说和其他，什么都写更好。因为有时要表达自己，需要找到好的题材和体裁：题材可以四处挪换，体裁也可以。写戏剧或许不成功，对文字表述却是重要的训练和尝试。一开始写诗，想成为一个诗人，完成心愿，把许多热情交给了诗。有人认为长篇小说更重要，作者却有可能将大量时间交给了短篇。随着年龄的增长，写短篇变得更困难了，每个短篇都要花费很多精力：短篇是一个构思，长篇也是一个构思。我写了一百三十多个短篇，二十多个中篇，满意的却不多。这里有一个问题，什么文体最难？我认为长篇容易一点，短篇较难，中篇次之，诗最难。所以对写诗的人总是高看一眼。

谁能把诗写好，散文和小说应该都能写好。

对我来讲，小说和散文就是将诗摊开、延伸的那个部分。

好像有台阶

第一本书《芦清河告诉我》是一九八三年出版的作品集。有一位老作家非常有名，对青年作家很爱护，总劝他们停下笔去深入生活，不然创作就会枯竭。对方毫无私心，经验丰富，说得肯定很对；但自己觉得刚刚开始就停下来还是有点惋惜，就忍不住写了《秋天的愤怒》等中篇小说。开始写《古船》是一九八四年，到一九八六年才出版。

写作好像有台阶：从诗歌散文、短篇中篇到长篇，一点点实现心中的追求或梦想。写到四十多年之后，还有没有梦寐以求的文字要写？当然有，心里有许多激动要写出来。但时间不够用，匆忙中的一点时间又不足以养成创作的心情，只好等待。

身体是另一个限制,人会渐渐变得有心无力。西方一位作家说过:作家特别尴尬,他活到五十多岁才弄明白写作的一点诀窍,上帝却把他的身体搞坏了。知道怎么做,但没有那么大的力气了。作家写到某个时段,有一天觉得有点成熟了,同时也发现自己的力气变小了,不足以完成心中最渴望的那份大工作了。

数量和速度

创作的情形非常复杂,不能一概而论,比如数量和速度问题。写得少一点或慢一点会更好,但奇怪的是有人写得很快也成就了杰作。我出版的第一篇小说是一九七三年的《木头车》,距今已四十五年;如果除去工作中形成的实用文字,我的创作产量是不高的。

托尔斯泰文集一百卷,他一生专门用来写作的时间却不多,要当兵,办教育,管理庄园等。歌德全集近三千万字,他却有很长时间在宫廷做官，比如在魏玛的十年几乎没有时间写作。鲁迅用毛笔写作，许多年做公务员或教书，但算下来，很少有一个当代作家在单位时间内比他写得更多了。一般来说我们该嫌自己写得太少，而不是太多。

我希望写作不要太勤奋，是讲使用时间的方法。应该把主要时间用在日常生活上，不能时刻想着写作。看海明威的传记，觉得他一辈子太能折腾了，上前线、打猎，有一次逃生竟然用头把飞机玻璃撞碎。他花在写作上的时间好像不够多：既要写出自己满意的作品，还要折腾。可能他写得太累了，想不停地用各种各样的生活方式，把一整块文学板块打碎，防止惯性写作，不然会是很糟的。

如果一支笔变得非常熟练，一味迷恋文学，也会造成损害：不自觉地凭惯性写下去。有人开玩笑说，现在要写一个很差的作品，比写一个很好的作品要难多了。意思是一个有几十年写作经历的人，要编相似的故事，用相同的笔调写下去，这并不难，但意义不大。作家就是要用不同的、生气勃勃的生活冲碎板结的文学，如果不这样，就会让惯性写作毁掉自己。

写作的根柢

关于半岛地区长生术的思想和实践，曾发生过一些有趣的讨论。一位朋友很认真地对我说，一定要把身体搞好，修辞立其诚，不然这本专门讲长生术的书(《独药师》)就会有问题：作者身体特别好才有说服力。他讲得认真，作者却做不到，因为作者并非实践者，而只能尽力理解这门学问，做出文学的表达。

没有实践并不妨碍去苦研一种专门的知识。写作者要为一部作品投入所有兴趣和精力去研究相关的学问，这是必要的功课，但也因为目的性太强，用完也就忘掉了。《魔山》是托马斯·曼写肺结核疗养院的一部杰作，许多医疗专家读过后，认为这个作家肯定是第一流的专家，托马斯·曼听了笑了,因为他是"以最快的速度进入,以最快的速度摆脱"。脑子的储存量总是有限的,所以要赶紧把一些东西忘掉。人脑不能格式化,就得练成一种快速摆脱的能力。

《艾约堡秘史》写的是古齐国腹地,那里姓"淳于"的很多。"宝册"这名字以前也用过一次,来自生活中的实有。依靠生活中的真实才会有底气。《独药师》这部长篇,有人看了觉得人名地名有些生僻和怪异,其实也都是来自实有。反过来一开始就虚构,很可能让遥远之地的读者没有了那种陌生感。写作尽可能地靠近现实,然后再生发自己的想象,这样就有根柢。

《远河远山》是我篇幅最短的两个长篇之一,十五万字左右。另一部是《外省书》,十八万字。《远河远山》是第一人称,读者容易想到作者,而且主人公也是从海边离开,跟作者经历有点相似。作者尽可能不写自己,除非写自传,一般他们会远远地绕开自己,避免很多麻烦。但无论如何,绕来绕去还是围着自己打转。我们读完一个作家所有的虚构文字,会觉得真正的主人公只有一个:作者自己。

《远河远山》主人公的行动路线大致与作者相同,但书里的社会关系却是虚构的。路上遇到的许多事情也是比较真实的。有人曾问:《你在高原》是不是作者的经历?可以说那些人物在整个半岛上行走遇到的事情,很多可以跟作者的人生岁月重叠,只是要根据情节和叙述的需要经过改造才可以。虚构可能需要一个根柢,以便长得茂盛。虚构就是幻想和梦想,它长得越茂盛越丰满越好。"根柢"是一棵树的底桩,没有它就没有茂长。

老齐国

关于山东半岛,海边和内陆在文化气质上显然不同。内陆可能接受了更多的儒家文化,那里原属鲁国,不是齐国。鲁文化是排斥商业主义的,比较保守,讲究等级,崇尚精神,对物质排斥一些,也不言"怪力乱神"。齐文化是海洋文化,是开放和冒险的,爱谈"怪力乱神",爱幻想,比如推崇神仙文化、寻找长生不老药这一类事情。商业主义、物质主义这一套,多来自齐文化。

齐国有名的一个宰相被誉为"千古良相",就是管仲。今天谁否定管仲大概要站不住脚,因为正处于极力追求物质的时期。管仲有好的方面,如发展经济开放搞活;不太好的方面可能是追求物质利益不择手段,甚至放纵声色犬马。最后齐国正是毁在这些方面。他把齐国搞得很繁华,首都临淄成为天下最华丽、最富裕、最浪漫的一个都城。

作者身为一个老齐国的后人,身上也有很重的儒家文化因子,这两种文化在血液里是对立的。这或许会产生一种张力,它有时可能并不自觉,但它一定存在。

首先让自己满意

一个写作者要有社会道德伦理层面的责任感，这自不待言，好作家都会有。但这些仍然不能如数摆在第一层面，不能让写作的目的性太强，比如要教育谁，让谁从作品中得到益处，等等。它毕竟是复杂的审美活动。要完成这个最有效、最持久的过程，莫过于忠于自己的语言和趣味，使自尊心得到满足，因为只有尊重自己才能尊重别人。一切要从文字开始。这种审美的工作跟个人的生命体验、心灵的愉悦、一种极端化的对完美的追求结合起来，才会产生更好的效果，同时也一定是利他的，会具备相应的道德伦理意义。如果创作中总是想着作品一定要影响他人，教育他人，可能会有问题。用自己的作品教化社会，这样的认识很朴素，也非常好，是题中应有之义，只是在实际工作中一切还没有这么简单，它可能更复杂一点。

如果读者读了作品没有变好，作品失去了某种眼前的功用，作家也仍然需要好好经营自己的作品。看来写作首先还是要让自己满意，这是很重要的。

文学的一个开关

儿童文学和整个文学事业的关系可以用一个比喻：我刚开始觉得儿童文学是整个文学道路的一个入口，从这儿进去能够走得很远；再后来提高了认识，发现儿童文学不光是一个入口，还是一个开关，把这个开关一按，整个的文学建筑就会变得灯火通明。为什么是这样？因为我们如果自觉不自觉地养成一个习惯，就会从童话的、儿童的视角去看社会和人生，看千变万化的历史。儿童的眼睛最新鲜，最质朴，许多小孩子关注的东西大人却要忽略，因为他们的眼睛被磨钝了。如果以儿童的目光去打量社会和人生，会变得特别敏感锋利：有一种新鲜感，黑暗的更黑暗，热烈的更热烈。即便是复杂的长篇，也可能使用童话的结构和视角，用孩子的眼光去审视。

命名的能力

行走中会遇到一些陌生的现象，需要我们去面对。人的经验不能全部或大部被二手信息取代：别人告诉的，记者告诉的，文学作品和网上的，这些信息都被其他生命至少过滤了一遍。行走是保留个人空间的一种方式，自己亲眼去看异地、异人、异街、异巷，看到生僻的地方，就会不自觉地研究起来。

拥挤的信息，大致是带着别人的判断和观念传递过来。时间长了它们会影响我们，使我们自己失去判断和鉴定（命名）的能力。有时我们不需要别人告诉事物是怎样的，也不必通过电视和手机、通过别人的文字去认识，而是要靠个人的眼睛、双脚、耳朵去接触，让主体和客体之间建立起一种直接的关系。这个过程就是发现和创造。如果说行走有多种意义的话，那么它最了不起的意义，就是保留自己命名的权利。

以胶东半岛举例，一旦走下去，会发现那里不像地图上看到的小小"犄角"，令人惊讶之地很多，一条河、一道溪，有许多不认识的动物或植物。它是内在而广大的一个世界。用自己的身体去感受，获得一个拥挤的具体的世界。世上所有的事物好像都被命名过了，但我们也仍有可能找到个人的一点机会，有新的结识。好的作家是极力争取这种权利的人。只做一个随遇而安的顺从者，那会非常可惜。

伟大和华丽

对戏剧的理解，包括对它的结构形式的理解，会有助于从事其他文学体裁。反过来如果是一个诗人，或者一个小说家或散文家，也可以创作戏剧。歌德仔细看了莎士比亚的戏剧，认为太了不起：他的剧本基本上不是供演出的，因为文学性太强，更适合阅读而不是演出。这其中只有一两部是适合演的。要导演莎士比亚的戏剧，一定要有一个高明的人，将它改造成适合舞台的形式。歌德的话有助于我们理解其他文学形式和戏剧之间的关系。

他认为莎士比亚之所以伟大，正因为其超越了戏剧，进入了诗性的文学。歌德还发现了莎士比亚另一个了不起的方面，就是心中的世界太大了，大到无论如何也不能够浓缩为简单的舞台艺术。"舞台对于莎士比亚来说太小了，而莎士比亚胸中的舞台太大了，这样的一个巨大反差使他的戏剧很难在现实的舞台上表演。"歌德的话让我想了很久。

一个小说诗歌创作者对戏剧应有所了解。一九八七年在汉堡看了一场《流浪艺术家》，那种浪漫和崇高感再也忘不掉。在曼哈顿看过《西贡小姐》。后来又在其他地方看过《蝴蝶夫人》和《阿根廷，别为我哭泣》。它们都激动人心，很难忘掉。有时想，小说的片段或整体如有这些歌剧的浪漫和崇高、这种摆脱了烟火气的强烈诗性，该有多好。多么伟大和华丽，这二者撞到一起就让人受不了。伟大有时候可以稍微躲开，华丽却难以割舍。我们是否有机会创造出这样的作品，可能就是一个梦想了。

写作进行时

创作之复杂，难以定于一尊。条条道路都有价值，它们在取向上甚至是矛盾的。艺术很难统一论之，很难将其标准化、模式化，因为存在各种可能性。审美和审丑，艺术和反艺术，理性与感性，浪漫与现实，各个倾向都产生过杰作。

现代主义走过了上百年，这条道路已经很漫长了，抵达了无所不用其极的时代。古典主义显得有点过时，甚至和整个时代流向格格不入。表达人性有好多向度、深度和幽暗部分，但无论如何诚恳和质朴仍然还要处于艺术的核心。先锋的内质也是这样。文学流派里存在各种可能性、各种变数，但有些基本的东西并未改变。先锋这把刀，其刀尖和锋刃仍然是恳切和淳朴，这才可能在文学世界里庖丁解牛。这就离开了古典和现代的命题，而深入到生命和文学的本质、审美的本质。

从这个意义上去强调诚恳和朴实，会发现它们仍旧支持了现代主义作家。我们甚至可以从一种颓废的艺术中发现动人的诚恳，它应该是骨子里的。

我们在写作进行时，常常要将技术层面的问题当成最大的障碍去克服。许多人会谈到作家的灵魂，谈到社会责任感，谈到情感对作品的决定力；但是当心中的愤怒和热爱十分强劲的时候，它作为一个前提差不多就隐在了自然而然的状态中，这时艺术家面临的最大问题，往往是怎样运用技艺，以便有效地呈现和抵达。事实上我们真的经常处于这种状态：毫不怀疑自身的热情和正义，只是技术层面却有点黔驴技穷了。

技术真的是一个要命的事情。回到自己，回

到个人独特的表达,先让文字把人紧紧地抓住。这种技术的苛求当然有一个前提:内心的道德伦理与情感张力足够强大。一旦失去了这个前提,其他也就只好免谈了。

2018年4月9日下午、10日上午

保护思维的锋刃

勤奋和懒惰

有人常常谈到一个作家怎样能够持续写作的问题。写下去很容易,只要勤奋就会保持一定的创作量。但是有时候这对作家不是什么好事情。有一次作家被提问,说到同一位作家既主张"作家写作不能太勤奋",却又写了很多,是否矛盾?这里面大概有两个误解。

一是他以为的"勤奋者",实际上并不一

定，说不定作家经常为个人的懒惰而自责。当然，也可能有人更懒惰一些。有比较才能有鉴别，和中外一些重要作家比较起来，当代作家其实是比较懒惰的。

现在我们受过去的"一本书主义"影响较深：写了一本书以后就不怎么写作了，或者是去参加火热的斗争生活，或者是其他，总之创作的文字很少了，一辈子主要以这一本书为主，或者围绕这一本书再有点别的文字，都是附加的。这就是我们概念中的一个好作家的状态。实际上不光不必如此，还多少有点不正常。仅仅个别人这样也未尝不可，因为文字生涯是各种各样的，很难讲写得多就是好，写得少就是不好，情况太复杂了。有人讲曹雪芹写了半部《红楼梦》就是一个不朽的伟大作家，有的人写了几千万字也未必留下一部，也许是。不过曹雪芹这个人存在与否还有争论，谁也不知道他究竟写了多少、他能写多少，这都不好谈了。

当代作家的主要问题，一般来讲还是不够勤

奋，是写作不够努力。这种不努力一定会伴随整个文学生活的贫瘠，阅读少也是个问题，在投入生活的认真态度方面，也有问题。

第二个误解，一个作家不要太勤奋，是指日常生活中不要总是围绕着"文学"两个字打转，这样就会压迫自己的思维，难以产生新的艺术冲动。不能每天脑子里总是焦灼于自己的那些文字。在文学方面不要太勤奋，不要死盯着那两个字，如此一来整个的文学思维反而活泼不起来，很难处于一种激活的状态。"创作"既是创造性的劳动，也就非常惧怕惯性操作，这个时候很少会有出乎意料的、令人惊奇的艺术发挥。要保护思维的锋刃，届时有一场漂亮的收割。

一棵树让人感动

有人走在路上走看到一棵树，就不动了，站在那个地方。这让他想起小时候的一幕。是的，人这一辈子围绕树会有多少记忆，应该写一本树的回忆录才好。一棵一棵树,都曾经在记忆里留下很重的痕迹,把它们记下来就是丰厚的一本大书。树跟人的关系、给人的感动,都很难忘记。

这对一个写作的人来讲也是重要的指标。树能让人感动,人怀念那些树,有时候就像对待一些朋友那样,总想回到它们身边。到了那个地方发现它们不在了,就像一个老朋友离开了,伤感痛苦。

关于动物的记忆,那种感动和怀念很容易理解,因为动物能够跟人交流,会用眼睛看着人。衡量一个写作者能不能走远,要看他同其他生命交流的能力。跟动物交流不难,跟植物交流而且产生一种情感,比较难。如果不能,很可能就是某种能力丧失了。也许我们应该害怕它的丧失。

一部作品有着强烈的道德感,看了之后在心里引起一阵又一阵义愤,这当然重要;但也要从中看到绿色,看到河流、树木和动物。书中没有这些,没有绿色,会感觉缺少氧气。有人讲现在的城市树木很少,作者可能没有在林子里生活,所以很难跟大自然融为一体。可是有人从窗外看到一棵法桐树就能感动。看来每个生命是不一样的，有人就是对绿植、对其他的生命特别敏感。

还记得在胶东半岛，某一天下午去了林子里，马上闻到了一股浓烈的气味。当时正是春天，沙滩上的绿色灌木枝条往外拱动，太阳一晒，形成了特殊的海边原野的气息。脑子似乎还没有想什么，嗅觉已经把人缚获，毫不犹豫地拉到了少年和童年时代。洁白的沙子上露出了一簇簇紫红的柳芽，有十几公分高，生旺生旺，从地表冒出。最熟悉的画面和气息就这样把人攫住，让人陷入长时间的感动。

这种感动会支持一个人。它将化为一种莫名的力量。这种力量，人在长大以后会丧失，会遗忘在路上。

写作即便看起来在着力表述眼前，实际上还是一场回忆，仔细看一下，它的整个情感重心仍然在过去，是一场时断时续的回忆。文学总是从当前出发，回到过去。

一切刚刚开始

人的生活、学习、创造，看起来由不懂到懂，一路往前，实际上前进就是倒退，获得就是遗失。人的创造力来自于对这个世界的好奇和新鲜，丧失了它们，那种能力也就丧失了。因为到了网络时代，各种讯息和知识交织，任何事物都引不起新鲜感了。看得多了，所谓见怪不怪，很多东西早就习以为常了。现在有电脑和手机，各种各样的视频、各种恶性事件和娱乐、惊喜、最美和最丑、最匪夷所思的事情，从网络上日夜不停地蜂拥而至。

在这样一种状态下，人的好奇心给磨平了。人们已经知道的太多，看到的太多。我们平常讲太阳底下无新事，现在的网络时代真的没有新事，任何故事都似曾相识。有时候我们去听一个演讲，认为这次会有一场精神大餐，结果只一会儿就发现，演讲人整个的语言系统跟我们平常听到的差不太多，甚至还不如我们听到的更热闹更新异，没有什么新东西。在这样的状态下，一个人能有创造性的思维和发现就很难了。如果是一个孩子，不识字，不会看电脑，不会看网络，是一张白纸，那么他眼里的东西将是新的，都有新鲜感，就会产生感动。

有时候我们也很矛盾，不知道读书多好还是读书少好；不知道不停地阅读好，还是把自己封闭起来好。怎样解决这个矛盾？有时候会想一个问题：有人也在不停地学习，不断地阅读，但是对任何事情仍然好奇，好像他的好奇心比我们大一万倍，永远不能枯竭似的，不停地把他的感动和发现写出来，而且生气饱满，没有疲惫和重复。这里边肯定有一些奥妙。

这一类人让人有一种绝望感：为自己不可改变的拖沓、懒惰和疲惫而绝望，为自己不够敏感、不够好奇、不能保持对整个世界无穷尽的新奇感而绝望。

有时候看到一个孩子二十多岁，他说话、思

考问题特别老旧。有时候看到一个人八十多岁了,还像个孩子一样,目光清澈,新鲜有趣,好奇地问这问那。原来生命的新旧还不仅是个年龄问题。怎样把我们身上沾裹的尘埃不停地洗涤、抖落,让自己一次次变得"新"起来,这可能是最重要、最难的一件事。

有一个说法让人喜欢:太阳每天都是新的。把每一天当成生命的开始,这个非常难。苏联有一个作家说他的身体很不好,忙了一天,到了晚上就觉得疲惫至极,脑子不转,整个人死气沉沉,觉得生命将尽;但第二天,一早起来看看太阳,又觉得一切刚刚开始,再次朝气蓬勃了。这是他个人真实的生理和精神的感受,容易理解。我们不一定每天经历那个状态,但也差不多:生命老旧,两腿都迈不动了,再也不想往前走了;有时候眼睛里突然又充满希望,看一切的眼光都那么新鲜,一切也就重新开始了。

主题思想

几十年前有关部门要创作一部大型歌剧《徐福》。当时觉得徐福这个人物很难表现，跑掉了，却又是了不起的中华传奇人物。后来只讲他强烈的开拓精神，重点放在这里，问题总算解决了。特别有意思的是从远处请来一个大师，专门搞歌剧的，让主创人员跟他学习。有关方面发现，只要是大师沾手的项目都得了大奖。大师很瘦，很高的个子，年纪很大牙齿不多，天热，穿了一件黑色的香云纱。他提出要到徐福生活过的地方看一看，以便提炼出一个主题思想。

传说徐福就在龙口一带出生，那里也是出航地之一。半岛人发明了缫丝技术，徐福出航前就在桑岛上领人养蚕。编创人员跟大师到岛上住了大半个月。后来年轻的编创人员找到我，说这一段累坏了，基本上不能好好睡觉，就躺在海边沙滩上。那里有一球球的蚊虫，大师要睡觉，他们就在一边驱赶蚊虫。老人觉很少,醒了就躺着看天,找主题思想。"找到了吗?""还好,总算找到了。"年轻人从兜里掏出一个纸条来,这是大师交给他的。展开一看,只有一句话:"朦胧啊朦胧,找到的还是一个朦胧。"大家对视良久,都有些犹豫。政府拿出这么多钱来做一个项目,"朦胧"能当主题思想?

后来大师走了,大家还得继续找主题思想。这件事非常困难,但任务总要完成。

后来费了许多周折,总算勉强找到了一个主题思想,记得当时由编创人员写在了一个纸条上,也是一句话:"世上哪有不老的仙药,人间只有不灭的希望。"这是浅显易懂的。后来《徐福》这个剧本完成了,排练的时候又把大师请来,大师一直闭着眼睛倾听。这个剧参加了会演,果真得了最高奖。

有些事情很怪,拜师是必需的。有人不止一次拜师,尽管大多没有学到什么,可还是因此而进步。有时想,原来仪式本身比什么都重要。

向后取得的动力

我觉得如果没有胶东半岛的生活,什么也写不出来。虽然后来写了许多事件,发生的场景远远离开了半岛这个地理范畴,但内在的气息,特别是那种情感动力,仍然来自那里。

常常要写到很多植物,特别是《你在高原》,写了上百种的植物。每一个植物名都来自拉丁文转译。它们都是小时候见过的,必须用准确的学术称谓去一一对应。写的时候会牢牢记住小时候的那一株草、一棵树,让那时的感动和印象保持在脑子里。它们的名称改变了,感受却是过去的,这个不能改变。一部作品可以写到外国,写一个广阔的世界,但其中的情感动力会连接在十岁左右。所以写作严格讲就是一次次回返,一个个追忆的过程。

回忆有时候是以向前的形态表现出来的,但用到的动力却是向后才取得的。离开了过去,一个作家不可能成立，扔掉了过去，一个作家可能会自毁路径。的确，作家的衰落、失败、创作力的萎缩，都是回忆的能力减弱了。我们强调一个作家要深入生活，跟时代同步，这是对的，因为越是深入生活，越是跟时代同步，就越是具有怀念和追忆的能力，这叫不忘初心。记忆是补偿，也是激励。这种回返的过程会产生一个推力，一种动力，使人向前。有时候我们觉得文字这样疲沓，只不过把一个故事讲一遍，缺少往前推进的一种力量。我们可能不知道，这力量要依靠回返才能取得，就像火箭轰轰往上，要靠强大的反作用力。

好奇心重的孩子

网络时代也好，过去的时代也好，总有人会脱颖而出，这是肯定的。要从中总结出一些规律性的东西。网络时代的孩子接触大量网络、数字化，但也不是所有的孩子都这样，总有一些不同的个案。到底是纸质阅读还是数字网络阅读更有利于孩子的创造性发展？没有做过这种对比，这是非常复杂的社会调查。就个人简单的观察，似乎纸质书读得多的孩子、对大自然好奇心重的孩子，相对来说还是发展得好一点。一些孩子读了好多书，连麦尔维尔的《白鲸》都看过。有一些孩子还成立了登山队，还有的去搞社会调查。是这一拨孩子发展得好。

行走和不行走有什么区别？行走的时候会看到很多以前没见过的事物，就要问，就要去了解，整个过程要自己做判断，自己处理。如果总是从书上，特别是从网络上获取答案，那都是别人已经解决了的问题，个人判断（命名）的权利就被剥夺了。孩子也好、大人也好，要尽可能保留个人的权利，把最初的基础判断、把这种处理的过程留给自己，而不是拱手交给他人。我们不停地接受别人的结果，最终省了脑力，也慢慢不再有个人的见解了。

生命差异很大，有人对语言特别敏感，有人

长于逻辑记忆。生命的特质有一大部分是先天造就的,后天会改变,但要彻底改掉也很难。

对学习的警惕

学习是一把双刃剑,一方面它使自己懂得多了、变得博学,另一方面也使自己变得陈旧或平庸。学习不一定全是正面的。有的孩子上大学之前对文学作品很敏锐,一下就能抓住书的神采,能获得一种本质的感动,接受了高等教育以后反而变得迟钝了。家长花钱培养孩子,费力找到好的学校好的老师,结果却不理想。但这并不是拒绝学习的理由。可以设想,如果继续学习,突破一个知识的极限,跟原来就有的先天能力对接起来,是不是会变得更强大,成为一个了不起的创造者和发现者?极有可能。一个孩子读书少,表述的时候写不成句,读多了之后套话却多了,真是两难。有的孩子套话用得很熟练,就是没有见解;但有的孩子有见解,又不会表述。孩子送到大学里去了,让他学会表述,也学来了套话。学术会有一个框架,教他怎样把作品放到框架里。

文学作品的目的,就是要保持一种鲜活的生命,在阅读者那里它是扑扑跳动的,这个时候体温不能少也不能多,要在36度左右。文学的欣赏实在是太复杂的一个问题。有一次到一个大城市去开会,听到一些人的发言,真是好极了,就像一段一段背出那般流畅。有一个边远地区来的老人口音很重,词汇重复,表达很不流畅,但是慢慢听来,会觉得他最懂。他懂作品好之为好,坏之为坏,把最深刻的阅读体味抓住了。可见文学理解,主要还不是词汇的组织能力,而是心灵的感动和感悟力。一个心灵对另一个心灵越来越近,那种能力光靠学习是求不来的。

生命一开始就具有的感悟力,后来在阅读、在所谓的学术训练当中会丧失。如果能把原来那种鲜活的不可思议的感悟力,与学来的表达方式连接起来,可能就是一个杰出的评论家了。看了无数的名著,掌握许多技术,将生命原初的那种鲜活和对世界的好奇敏感与之结合起来,大概是最重要了。警惕这种丧失,不停地回返,这或许是保持强大生命力的方法。

有些东西是学习来的,有些不是;有些也可能被学习所破坏。

中国古代有一个学问叫"紫微斗数",是很复杂的星相术,用来看一个人的命运。它研究人在出生那一刻,不同星体的位置,用以推算人的性格、创造力等。这太深奥太复杂了,少不得掺杂许多芜杂,甚至是骗术。这是唯心,不,也许是极端的唯物。一个生命是可分析的,是受客观存在的制约和作用的,是逻辑的而非荒诞的。这是回到一个极其唯物主义的思想体系里考察生命的各种可能性。这跟西方的星象学是一致的,但用的术语不一样。如果很粗疏地说天蝎座如何白羊座如何,未免太简单了。一个生命形成的瞬间,受整个天体状况的影响当然是不同的。在生命形成的那一刻,客观物质对它具有强大的规定力。后天学习的重要,在于它会产生一个对接的过程：把先天的优势与后天的学习对接起来，这是良性的学习。如果反过来，学习把先天所具有的良知良能扼杀了、改变了、扭曲了，那么这种学习就不是良性的。

我们追求的是良性的学习，是通过学习发现昨天、悟想昨天、对接昨天、扩大昨天、释放昨天。学习是为了释放，而不是进一步地包裹，上大学包一层铁皮，研究生又包一层铜皮，博士生则包了一层不锈钢皮，这样一来，先天的能力怎么会得到释放？只会在黑暗里憋闷而死，最后什么都做不了。

很多书呆子并不是先天没有能力，而是被后天的拙劣学习封闭了。不是所有的求学都会解放创造力的，它也可以成为封闭的过程；追求文明之路也可能正在走向愚昧，它是一个悖论。可以说，我们要抱着一种对学习的警惕心态，去努力学习。

苹果和果脯

许多事情看起来是矛盾的,实际上就要在这矛盾中追求真理。专业精神固然好,但我们会发现文学严格讲并不是一个专业:一方面它很专业,很深奥,比如说一个写作者没有四五百万以上的文字量,笔触很难变得灵动。可见训练多么烦琐,阅读量要大得不得了,这需要专业训练。而专业训练又充满了危险,因为这是心灵之业,最害怕把它当成一个专门的学科去对待,变为刻板之物。它既是很自然的心灵冲动,又需要非常强的专业能力,这是不是有点矛盾?经过漫长艰苦的专业训练,有可能把一个人改造成彻头彻尾的专业动物,而这种专业性越强,创造力也就越弱。

文学创造者就像一个非常鲜活的刚刚摘下的"苹果",可是我们学习文学技能的过程中,会不自觉地把自己做成果脯。果脯有果子的味道,可以放很长时间，但毕竟不是鲜活的苹果了。这真是一个悖论：一方面要努力写作，广泛学习，具备专业的高度和能力，另一方面又怕丧失了生命的鲜活，丧失了正常人的喜怒哀乐。如果遇到一切事情都用文学的眼光去看，那将很成问题。文学人更要保持一个正常的、健康的、挑剔的、好奇的、敏感的眼光去看问题。

但事实上并非这样，有人一看到什么事情立刻用上诗的角度，结果很快激动起来了。这不是什么专业能力，而是不正常。说文学不是一个专业，是指一个理想化的社会里的人都应该有教养、有文学情怀和表达的欲望，但不一定从事写作。一个人成为专业作家了，到了八点就开始冲动，怎么可能。

其他事物也许可以专业化，唯有需要专业程度最高的工作，比如文学，不能够专业化。如果谁碰巧成了一个专业作家，也许要警惕这个身份，警惕被它所异化。一个人有再多的时间来创作，也不要把自己当成专业作家，而要让自己作为一个正常的社会人运转起来。几乎无一例外，一个人一旦需要维持工作的惯性，这个人的文字就再也没有了激情、没有了温度，灵魂会躲开他。有时候觉得一位作家真是了不起，很快写出一本很厚的书，这么大的年纪创造力还很旺盛；但极有可能是惯性写作的延续，是专业和职业带来的习惯动作。

谁能超过李白

当代作家跟读者处于同一个时空，所以有时候很多触点很准确、很新鲜，这是好的方面；缺点是当代写作没有经过时间的检验。如果经过了一百年的筛选，今天判断起来就容易得多。从更长的时间和更大的范围里选择作品，尺幅比较大，更有可能找到最好的作品。文学作品的鉴别讲究一个时空。我们有时候会觉得现在好作品太少，平庸作品太多，换个角度想想都是很自然的。对于文学艺术的判断太复杂了，谁也没有能力从眼前判定一切,因为这需要时间。当年荷兰的凡·高,都说他画得太笨拙太丑陋,经过一段时间才知道原来是那么伟大的艺术家。当年几乎没有人认为凡·高是一个伟大的画家。但是也有看准了的时候,比如对毕加索就是这样。毕加索当时就被认为很了不起。

无论是年轻人还是有了一把年纪的人,还是要多读经典。读经典就是节省时间,就是走近路,就是数学好。在有限的生命中去大海捞针,太浪费。经典里有一部分不适合我们,但总是更容易找到我们喜欢的。现在这么匆忙,大家都舍不得花时间去阅读,觉得这么宝贵的时间不能整天看书。实际上最值得做的一件事就是阅读,这样才可以把一辈子过成两三辈子。人的一生亲自经历的喜怒哀乐才有多少,如果跟大师一块儿去经历、去感受,相伴第一流的人物,这一辈子会多么丰富。

比如读索尔·贝娄。这些年使人着迷的还有一个马尔克斯。索尔·贝娄未必有很多人读过。

去读一下,会感到惊异:人和人的差异真是太大了。索尔·贝娄的幽默、机智、理性、对生活的洞悉、内心的丰富,有点不可企及。这种人仿佛不可以学习、不可以靠近、不可以模仿、不可以有一丝侥幸的心理,向他看齐。这是一个了不起的作家,虽然并不伟大。"伟大"是一个古典标准,现代作家可以超绝,却很难"伟大"。

阅读这一类人物,会觉得我们个人的生活见识太浅薄、太狭窄。我们太无趣,我们应该经历一些更有意思的事情,一天又一天不精彩、不值得,有点亏。读索尔·贝娄的时候,跟这样一个人对话,觉得太值了。类似的感觉在一辈子里多起来,堆积起来,多么重要。阅读就是寻找这种感觉。我们读鲁迅,从上个世纪中期看到现在,一直在看,看什么?看他的小说和杂文,什么都看。真的读进去才会发现,这是一个多么古怪有趣的老头,那么倔强、那么较真、那么爱开玩笑,真是一个奇人。看他的杂文,谈的都是现代文学那时候遇到的很多现象,社会、文化、文人争执、鸡零狗碎，读了之后会觉得人性是如此接近。现在到了网络时代，但鲁迅当年经历的许多矛盾、痛苦、哀伤、不幸，今天一点都没变。所以鲁迅不会陈旧。再看古代李白的痛苦、杜甫的痛苦，多少年过去了，今天还是照旧。有人讲现在一日千里，科技好像不得了，飞船要到火星上去了，实际上人性并没有多少进步，发生的变化非常小。几千年前的大师，跟今天的心灵一定是相通的，不会有多少隔膜。

我们能够取得进步的，都是较容易积累的部分，把自行车换成摩托，把固定电话换成智能手机，登月，还要星际旅行。最难的是文学，因为它不是一个专业，而是生命之力、心灵之业，最难了。所以它要进步，求得一点点的积累和进步，都很难。比如现在的诗人一定能超过李白？两千多年过去，没有发生这样的事，但短短几年中手机不知换了多少次。原来那些让我们欢呼的巨大进步，比较起来都不是最难的。赚钱、盖摩天大楼、上火星，都不是最难的，最难的是让诗篇超越李白他们。它们属于灵魂,而我们总是强调物质和科技,后者不难。

三十年前有个作者激动地写了篇稿子,标题是"待到小康时"。今天看小康可能待到,好诗却不一定。原来最难的是生命中的诗性追求力和创造力,是对它的表达以及向外投射的能力,这是人类社会里最难的部分。文学超越了专业、超越了行当,是一切生命中所固有的一种伟大力量。

2018年5月14日下午,于山东师范大学

代后记：经验和记忆

鲁博安先生（作家，学者，罗马尼亚北京文化中心主任）对即将出访布加勒斯特的张炜先生进行了采访。2018年6月，小说《九月寓言》和诗集《归旅记》在罗马尼亚欧洲思想出版社出版。

鲁博安： 您写了大量鼓舞人心的诗歌、小说、散文和随笔，甚至您出版的之前进行过整理的访谈,也有它们自己的风格美,它们不是通常意义上的简单的对话……

张炜:很高兴与鲁博安先生有这次对话,这使我有可能与更多的罗马尼亚读者朋友交流思想。

我比较早开始写诗,诗的表达形式一直是我的最爱,直到现在,常常要把最好的心情留给诗的写作。说到文学生涯,就不得不提到自己的出生地。那个自然环境是极有特点的,是胶莱河以东的半岛地区,三面环海,以前有大片沼泽和丛林。我们的居所在林子深处,再没有其他人家了,看似孤独的生活,也有了另一些乐趣,能够与大自然亲密接触。这样的生活也许可以培养我独自想象的性格,独处的习惯,增加对自然万物的敏锐感受。这对我的文学写作发生了很大的影响。

鲁博安:您属于一个井然有序的美好空间,我可以说,您为它增光添彩,您定义了它,描绘了它。将来会有一天,古老的齐鲁大地将会被认为属于您。您不是用剑征服了它,而是用您的笔征服了它。

张炜: 在长达四十多年的写作生涯中,我用文字记录了半岛上的自然风貌,更有这个空间里滋生的一切、它们的多种运动和演变的可能性。关于半岛的故事,应该构成一个生机勃勃的世界。这个世界大致是记忆中的,与今天有极大的区别。用过去对比现在,是心底的一种欲望:人对绵绵无尽的历史延续怀有极强的好奇心,对与自己关系密切的那段历史尤其如此。当年我曾经幼稚地假设:将来的某一天,当人们对现实环境产生了极大的不满足,一定会参考很久以前的样子来恢复它,那时候我的文字就会派上用场,发挥重要作用。我一直认为,文字的记录是特别重要的,它是源于心史的佐证,声像图片之类皆不能取代。

鲁博安: 您的青少年时期对您成长为一名作家的影响有多大?您在您的家乡徒步漫游了八年,我有一种感觉,就是那时您了解了生活并成为一名作家。

张炜：我觉得这几十年来，有两个生活阶段对我是最重要的，一是十六岁之前的海边丛林生活，二是我在整个半岛地区的游荡。前者使我扎下了生命之根，后者使我扩大了生命见闻。游荡中我了解到更广阔的世界，将自小确立的世界观与之融合并加以对比，这对我的成长显得很关键。尤其对一个丛林少年而言，在茫茫山地和平原的游荡是不可或缺的。没有这个时期的经历，我作品的开阔度，特别是迷漫在整个篇章中的漫游的基调，就不会确立。我写了二十二年的"大河小说"《你在高原》，其中的大部分内容，对大地山川的感受，主要就来自那段生活。

鲁博安：1973年6月，在您十七岁的时候，上高中之前，您写了一个故事《木头车》。天才难道不是天生的吗？对一名作家来说，学院和大学学习有多么重要？它们对您意味着什么？

张炜：那篇幼稚的小说，是关于一个少年从外地驾入林子里一辆木头车，引起大家阵阵惊奇的故事。在我当时看来,一驾古老的木头车在林中路上奔跑是非常有意思的,而且十分浪漫。少年时代我读了许多书,因为家里有不少存书,其中那些描述林中生活的最能与我产生共鸣。渐渐地,我想将自己的所见所闻写出来:用诗和散文,最后再尝试小说。小说是最难的,入门很难,所以我文集中收入最早的一篇小说是1973年的《木头车》。这之前还写了许多诗和散文,它们都遗失了或者不让我满意,扔掉了。后来到中文系学习,有机会在一种基本而规范的文化教育体制中,归束和整理以往形成的野性与自然的个人经验,还有知识,让二者交融,并在这个过程中产生新的结果。这当中有好奇,有不适。文与野的相遇,四处奔波的生活与安坐学堂的生活,这之间差异很大。但差异越大,形成的生命冲动也就越大,用新的经验去处理昨天的记忆,就变成一件极有趣极幸福的事,也就不知疲倦了。

鲁博安:您没有写过关于中国当代创作与文

学的文章。请您为罗马尼亚《当代》杂志的读者做一个总结。

张炜：中国的当代创作因为离得太近，不容易看清，所以难以做出结论。我觉得现在是一个相当复杂的时期，比我个人所经历的所有时期都复杂得多。文学创作恰恰就需要这种复杂斑驳的社会与文化内容。回顾一下，中国的上世纪八十和九十年代当是最重要的时期，那时的社会思潮包括文学表达尽管单纯一些，但由于社会处于长期禁锢之后的解放期，作家们表现出一股冲荡和决裂的气概，作品气质好，生命内容非常饱满。八十年代末和整个九十年代，是中国文学最不可忽略的阶段，至今来说，那个时段里产生的作品仍旧难以超越。但那样的时期毕竟是特殊的，不可能成为常态，禁锢后的爆发效应只会是暂时的。相反，从世界范围看，在今天这样深陷物质主义、娱乐主义的慵懒时期，倒极有可能化为漫长的煎熬期。这将考验着真正意义上的作家。真正的杰作会产生在漫长而艰辛的时期，这个时期等待大孤独者的出现，他们强大的生命力将起作用，不朽之作只会产生在他们手中。我认为，这个过程正在过分的喧嚣和另一种寂寞中悄悄开始。

鲁博安： 您作为作家的活力是否源于您来自黄河以北的事实？是否可以说，在中国有两个维度的敏感性，河流以北和以南，或沿海和西部内陆地区？

张炜： 一般来说，黄河以北地区的粗粝环境培育了悍气十足的人性，而"悍气"对于创作来说，当然是重要的元素。长江以南的人性柔和细致，这也是创作所必需的。二者的结合大概是最理想的。我不敢说自己具有足够的"悍气"，但在北方之风的长期吹拂下肯定生成了不同于南方的生命质地。就我个人来说，更喜欢南方的暖湿，但苦于不能一厢情愿地求得，所以只好一直"北方"着。

鲁博安： 在中国文学史上，有以哲学为主导的时代，其次是诗歌、戏剧。小说很难找到它的位置，我的印象是，在我们的年代里，它与自由诗共同拥有着至高无上的地位。

张炜： 您说得极是。中国历史上文明的辉煌在于哲学与思想，也在于诗歌和戏剧。中国的古老传统中不是没有小说，而是没有"诗与思"的纯粹的小说。被公认的杰作中，除了《红楼梦》，主要是《西游记》《水浒传》《三国演义》，这三部是由文人整理的民间文学。其余大致是通俗文学，即用来娱乐的长短故事，文学价值不高。而今，高居文学殿堂的自然是诗和纯粹的小说。在娱乐至上的现代，中国的通俗小说无论发行量多大，也仍然没有什么文学地位。今天最优秀的中国小说家学习西方，也继承了中国的诗与散文、戏剧，却几乎没有继承传统的通俗演义、武侠言情之类。后者的气息一直是现代作家们自觉回避的。

鲁博安： 我们生活在一个相互依赖的世界里。众所周知，您读了很多书，您了解世界的发展，了解世界各地的文化。西方文化对您的工作意味着什么？

张炜：我是通过译者来阅读西方的，除了文学作品还有其他许多文字。特别是青年时期，那时的阅读量很大。西方文史哲经典译到中国的数量以及质量都是可观的，我们这一代都是受益者。西方有不同的艺术表达，更有不同的思想方法，这让我们扩大了自己的视野。渐渐地，中国本土的传统思想，包括文学艺术，在我这里成为整个世界文化的一个组成部分，尽管是我潜移默化中接受最早和最大的一部分。对我来说，没有这些视野开阔的阅读和广泛的接受，就没有现在的写作状态。吸纳世界各国特别是西方的艺术与思想营养，对于一个二十世纪五十年代出生的东方人来说，是至关重要的。

鲁博安：在您的作品中，传统和民间的，以及现代的各占据什么位置？

张炜：我的写作一开始就受到西方和本土的双重影响，因为我在刚刚能够阅读的时候就读过了一些西方文学作品，也读了中国传统经典如

《红楼梦》和唐诗宋词等。我出生在半岛地区，这里是齐文化的孕育地，它与鲁文化区别甚大。世人一直在说"齐鲁文化"，很容易将这两种同属于山东的文化视为同一种或接近于同一种的文化。这是很大的误解。鲁文化是继承了西周的正统文化，极为注重官阶，礼法严谨，刻板庄重，极其入世却又比较排斥商业主义。而齐文化是一种半岛海洋文化，开放而浪漫，富有冒险精神，崇尚商业主义，迷于寻仙活动和长生不老之术，是中国方士们的大本营。正因为如此，胶东半岛的齐文化土壤才培植出《聊斋志异》这样一部说鬼说狐的文学作品。书中的内容在外地人看来奇幻绝伦，在半岛地区却没觉得有多么惊奇，因为那里的日常生活中就是这样的风习，有这样一些故事在流传，人们早已经习以为常了。在这种文化氛围中成长的写作者，作品中的民间因素自然会多一些。

鲁博安：在中国文坛的今天和明天，互联网和电子社交网络的作用和地位是什么？书籍是否将仅仅是少数人的阅读对象,就像人类起源时期一样。

张炜:就我个人所了解的,西方文学阅读界对于网络电子媒介的依赖并不像中国现在一样大。网络传播的便捷和随意,使读者在获得益处的同时也失去了很多,而且这种丧失还是致命的。人类在现代科技的发展速度和方向上已经不能自控,这带来的人文后果是不可逆转的。就文学阅读来说,由于大量粗俗文字在网络上的传播堆积,已经对许多人造成了伤害,使他们在不知不觉中丧失了最基本的文学阅读能力:既没有起码的文体意识,也失去了对语言的正常判断力。由于文学写作是一种语言艺术,所以这种破坏会造成一种根本性的恶果。不过我仍然相信,在这个过程中,人的理性最终还会起作用,他们的觉悟和反抗力也会被唤醒、被激活。一部分人对于语言艺术的坚守,其意义不能仅仅以一时一地的阅读数量而论。他们的重要性是无可比拟的,其记忆力、接续力不可与一般人同日而语。在任何时代，仅仅以接受人数来论断思想与艺术的价值都是荒谬的，所以就此来说，我们又可以持谨慎乐观的态度。中国的人口基数大，一些诗与思的成果还有较大的阅读范围，受众较多并能一直延续下去。随着时间的推移，完美的文字会长生不老，而那些轻率潦草的涂抹在大面积的文字沙尘暴中被覆盖的概率更高。

鲁博安：北京罗马尼亚文化学院赠给了您几本近年来出版的罗马尼亚书籍的中文译本。我也跟您介绍过罗马尼亚人民的几千年的文明史，他们跟中华民族一样，是最古老、最坚定的民族之一。您怎么看待罗马尼亚，以及它的文化？

张炜：感谢罗马尼亚文化学院的赠书，尤其感谢鲁博安先生的亲自签赠。在我眼中，欧洲是上帝撒在地球上的一把蓝宝石，罗马尼亚即是其中的一块。中国的部分读者对埃米内斯库和萨多维亚努并不陌生，后者有大量译文，当然不乏推崇者和阅读者。我读过瓦列留·布特勒斯库和乌力卡罗的书。埃米内斯库的诗句新亮逼人，像《金星》这首长诗,简直美极了,有神奇的魅力抓住人心。布特勒斯库的戏剧我没看过,但他的格言书精彩之极,那是智慧的结晶,是最为宝贵的不可多得之物。罗马尼亚的文化与中国胶东半岛地区的齐文化,可以产生深刻的相互映照的关系,这两片土地都是神奇的。我在阅读罗马尼亚民族史的时候,时常会想到古老的东方大国齐国,齐国的腹地即是今天的胶东半岛地区。

我有时会把自己想象为一个老齐国人,穿越了时空,正在一页页翻动着罗马尼亚的诗章。

2018年2月27日

图书在版编目（CIP）数据

我与沉默的橡树 / 张炜著. —济南：山东画报出版社，2019.5（2021.4重印）

（双峰文丛）

ISBN 978-7-5474-2693-7

Ⅰ.①我… Ⅱ.①张… Ⅲ.①中国文学 – 当代文学 – 作品综合集 Ⅳ.①I217.2

中国版本图书馆CIP数据核字（2019）第038914号

我与沉默的橡树

张炜 著

丛书策划 李文波
项目统筹 怀志霄
责任编辑 怀志霄
装帧设计 蔡立国

出 版 人 李文波
主管单位 山东出版传媒股份有限公司
出版发行 山东画报出版社
    社 址 济南市市中区英雄山路189号B座 邮编 250002
    电 话 总编室（0531）82098472
          市场部（0531）82098479 82098476（传真）
    网 址 http://www.hbcbs.com.cn
    电子信箱 hbcb@sdpress.com.cn
印 刷 三河市华东印刷有限公司
规 格 130毫米×185毫米
    7印张 105千字
版 次 2019年5月第1版
印 次 2021年4月第2次印刷
书 号 ISBN 978-7-5474-2693-7
定 价 48.00元

如有印装质量问题，请与出版社总编室联系更换。
建议图书分类：文学